暧昧

像是一种对完美的补充

在脑海里

天马行空又无所畏惧

你，将走进我编织的世界

那里有欲望与缠绵、痛苦与徘徊、寂寞与期待

有快意恩仇的江湖，还有一醉不醒的爱情

爱，是有感知的

当你在四下无人的街，为 ta 哭泣

在漆黑寂静的夜，为 ta 祷告

在茫茫人海，追踪 ta 的身影

要相信

Ta 也在你看不见的角落，对你思念如潮

钱与物质，会羁绊住你看世界的高度

不要在它面前，做个“有名有姓”的人

做“赵钱孙李”会是不错的选择

不管喝了多少酒、说了多少话、客套了多少遍

某一刻，眼神撞到了一起

云淡风轻的是脸，颤动的是心

多少年后，你发现

那一年，我因你而思绪万千，灵感来袭

你，也因我而凭吊青春，追忆流年

我曾对你的细心，一往情深；也会因你太挑剔，离你而去

我曾对你的可爱，十分钟情；也会因你太苍白，远走他处

我曾对你的笑容，无法抵抗；也会因岁月的琐碎，挥手告别

你说，什么是信仰

如果你还没经历过一见钟情，或者你从不相信这件事

那么，你可能还不懂什么是命运

有些人，注定要遇见

Some People are Destined to Meet

赵文闻 著

新世界出版社
NEW WORLD PRESS

图书在版编目（C I P）数据

有些人，注定要遇见 / 赵文闻著. — 北京 : 新世界出版社，2016.4

ISBN 978-7-5104-5652-7

Ⅰ. ①有… Ⅱ. ①赵… Ⅲ. ①散文集—中国—当代②短篇小说—小说集—中国—当代 Ⅳ. ①I217.2

中国版本图书馆CIP数据核字(2016)第070048号

有些人，注定要遇见

作　　者：赵文闻
责任编辑：黄　倩
责任印制：李一鸣　黄厚清
出版发行：新世界出版社
社　　址：北京西城区百万庄大街24号(100037)
发 行 部：(010)6899 5968　(010)6899 8705（传真）
总 编 室：(010)6899 5424　(010)6832 6679（传真）
http://www.nwp.cn
http://www.nwp.com.cn
版 权 部：+8610 6899 6306
版权部电子信箱：nwpcd@sina.com
印　　刷：北京天宇万达印刷有限公司
经　　销：新华书店
开　　本：787mm*1092mm　1/32
字　　数：150千字　印张：8
版　　次：2016年4月第1版　2016年4月第1次印刷
书　　号：ISBN 978-7-5104-5652-7
定　　价：36.00元

目录

Contents

PART 2 ……一场风花雪月

自序

人，最怕习惯。

有时，明明有更好的选择摆在眼前，你却望而却步，原因在于“懒”。好比：我常常光顾同一家理发店，照顾同一个理发师的生意。原因并不是他的技艺高超到令我咂舌，而是他能领会我的意图。有时候沟通是件挺麻烦的事，所以才会对心领神会越来越钟情。这个家伙身高不算高，上唇留着点小胡子，自己的发型只走了简单随性的路线，话不多，脾气软。除了这几点，我看重了他的细致与悟性，此人细致的作风可以和我的强迫症有一拼，于是当他第一次与我的头发交锋时，就给我留下了极好的印象。

悟性好的人比较适合搞艺术，那种深入灵魂的理解能力，再通过艺术表达出来，堪称神作。理发也不例外，您想啊，不同的脸型、不同的眼神、不同的肤色，甚至不同的气质，修剪成同一个发型，有些人怎么看怎么有型，起到了“画龙点睛”的作用，人一下子神采飞扬；有些人怎么看怎么不爽，达到了“画蛇添足”的境界，人一下子就变得特别欠抽。所以，悟性对于理发师来说至关重要到“关乎性命”。

我曾在某一次和他的交谈中得知，他原本真的是搞艺术的——画油画，却不敢称“家”。毕竟半途荒废，另辟蹊径。他憨厚地笑说：“我爸也是画画的，国画，一辈子让我妈养着。”我说在中国搞艺术确实艰辛。半晌儿，我们都默不作声，我从镜中看他手起刀落，他突然停下来说：“凡·高还不是死后靠他弟妹帮忙卖画才火的。我总要吃饭呐！”我继续盯着镜子，他又换了一把更小的剪刀，非常细致地修剪着我的鬓角，那细致的手法、犀利的眼神，顿时把我的整个脑袋烘托得像一件艺术品。我享受得入神，不过心里想的却是：“他自杀前，其实在欧洲已经小有名气，只不过老凡他不自知呐。”

人，无法选择的是机缘。

正是因为这样，日子才会生动。你会哭会笑，会爱恨交织，会心乱如麻，甚至还会在某个特定的情况下，搞得自己一头雾水又惊喜连连。好比：我有一个上帝恩赐我的发小，我们有着缘分的牵连。她比我年长一岁，头脑比我简单，四肢比我发达。小时候在院子里玩耍，每次遭逢其他浑小孩的攻击时，她总是一马当先地保护我。我也总因为先她一步考虑到了后果，躲在她身后，任由事态发展。长大后，需要动脑的事都交给我，她已经不再好斗，心态却一如既往的超脱。某一天我们把酒言欢，我望着天花板问她：“你觉得我聪明吗？”她嗯了一声当作回应。我接着说：“但是缺少智慧。”她特别认真地摇着头回应我说：“爱因斯坦有智慧，你想长得像他一样吗？”那一刻，我突然发现我的确比较没有智慧，居然不能再像小时候一栏预测到事态的发展，她也不会明白，我被她的莫名其妙，搞得一头雾水又惊喜连连。

生命里的相遇和投缘，充满了宿命般的惊喜。

那种棋逢对手、又毫无疑问的感觉，像找到了安全的归属。好比：我的朋友与她的蓝颜知己。他们不是恋人，却惺惺相惜。此蓝颜知己曾帮她拿下无数男人对她的痴心。据说某天她偶遇了一个男子，两人展开了一场不温不火的恋爱，情就这样谈着，爱就这样浓着，直到某天刺激出了激情的欲念。男子说：“下周陪我一起出差，带上丝袜吧。”我朋友不想他得意忘形得太早，询问了这位资深蓝颜知己该如何是好，蓝颜知己捋着胡子喝着茶，不紧不慢地说：“就说你没带，然后等他洗澡时，穿好等着他出现。”之后的事，天黑请闭眼，不过那天后，男子爱到丧心病狂，于是他们喜结了连理……

相遇，不管是对是错，是短暂是长久，命运的齿轮，早就在相遇的一刻，将彼此的交集咬合在了某一个时间点。也许是躲不过的劫数，也许是期盼已久的惊喜。这好像：如果我有一个女儿，她长相清秀，乖巧可人，头发疏密柔软，睫毛长长，她像一个美丽的意外闯进我编织的童话，如果宿命让我注定遇见她，我该说点什么呢？

我想告诉她：日后陷入恋爱的你，不要考虑钱财物质，不要考虑世俗偏见，不要考虑任何人的看法。你的命运掌握在自己手里，你来到这个世界，我希望看到你活出洒脱和不悔。你无须着急走入婚姻，随时要让自己更知性、更优雅、更快乐。如果你足够牛×，你完全可以像杜拉斯一样，一路恋爱到八十岁，那也是你魅力四射的凭证。如果你注定遇见一个和你一样德行的人，希望你们看待世界的样子就像左眼和右眼，心里却时时刻刻为彼此撑着伞，如果我有幸见证你的婚礼，我对你的放手，就像将一艘纸船放入湍急的河流，继续会用眼神追随，直到无影踪……请不必回头，如果思念会发出声响，你早已震耳欲聋……

有人问我如何看待生命？

我说：世事无常，何必追问。

有人问我该如何学会接纳？

我说：先与自己的内心和解。

有人问我什么才是命中注定？

我说：你，就是我注定要遇见的。

老赵

Part 1：一场人情世故

海里有暗礁

情场有暗箭

日子里有疙瘩

岁月里有遗恨

小时候

马圆圆人如其名，她长得特别圆润，我和她并不是“婴儿时期”的伙伴，我们是在“幼儿期”偶遇。如今她三十多岁，依旧没褪去那一脸“婴儿肥”。

当时，我们管一个五十岁上下，花白头发的南方老太太叫“奶奶”。我亲生奶奶在我爸很小的时候就过世了，所以父母上班的时候，就把我放在“奶奶”家照料。马圆圆和我遭遇相同，于是我们第一天见面就结为同盟。

同盟期，我们欢欣雀跃，无比活泼紧张，天天向上。分裂期，我们面面相觑，各种生厌唾弃你死我活。每天下午，奶奶会推着小车带我们去公园里放风。那种小推车，现在已不多见，藤条编的，中间横着一个小桌，两个小孩对坐两边。我那时身形矫健，一步跨进去，占好有利位置。马圆圆可就没那么舒服了，她举步艰辛地挪开步子，慢悠悠晃动着身上形似一截截嫩藕的手臂，撑着小车边缘，费劲地坐到我对面。每每这时，我都会向奶奶“告状”——“马圆圆一上来，我都没地方坐了。”

马圆圆，名如其人，非常憨厚，她很少和我计较，甚至容忍我的蛮横。后来，只要她一挪动到车上，便主动把小桌子移到自己那边一点儿，待坐稳后呼哧带喘地跟奶奶说：“奶奶，我的苹果呢？”之后，在某一天，我从公共澡堂回来，跟马圆圆说：“有一个女人比你肚子还要浑圆，她大概也是吃的，她把‘小红帽’吃掉了。”

在家里，我越发虚伪地纯真，那时候已懂得“惩罚”的滋味，于是我便更谨慎地捣乱。放学回到姥姥家，我看到一瓶摆在桌上的香油，这引发了我的好奇，我拿起来端详着，不知道哪根筋搭错，跑去厨房，灌上水，填满一整瓶容器。大概是强迫症的缘故，看到被填得满满的容器，我喜逐颜开。孰料，过了一会儿，香油与水分离，这让我莫名的心惊胆战，慌乱中我摇晃香油瓶，摇到融为一体，才舒了口气，卸下重担地出去玩了。可想而知，再次回到家时，我姥姥用狐疑又愤怒的眼神打量我。我申诉那不是我干的，并且挺直腰板理直气壮地告诉她：“你这样做不好，家里虽然我最小，但不代表坏事都是我干的。”她老人家后来并没有追究，我却一直记到现在，也许她只是给我留了一点小小的情面。我却在三十年后，哑然失笑地以为那不是年龄小不小的问题，那干脆是在鄙视错误犯的是不是“低级”的问题。

儿时的玩伴有很多，有些已经遗忘在记忆的角落，有些至今还是朋友。除了马圆圆这个吃货以外，刘晓天是特别的一个玩伴。我们从小就是非常要好的朋友，小时候并不理解“朋友”的含义。在当时，我们都这样以为，每天形影不离，不管出去玩，还是到对方家都有得可玩，就是一对好朋友。他，是一个看上去非常聪明的小男孩，大大的眼睛，无比清澈，记忆中的他有点口齿不清，院里的孩子经常取笑他是“大舌头”。他妈明明叫“李春”，他永远说成“李托。”我从不取笑他，我装模作样地告诉他，你这个问题将在十岁后会得到解决。他用一双大眼睛，眼泪汪汪地看着我，更加坚定我是他深入灵魂的好友。大概是因为有了恶势力的对比，我突然变成捍卫真理、保护弱小的正义化身。我也无比沉浸在这种英雄情节里，不想自拔。

某一天，我去他家玩的时候，我第一次发现了他的冷漠，那一刻，我不止惊呆，我非常想和他绝交。我当时只有五岁，即便我还有一年就要变成小学生，我对上学这件事看得非常重，那不是神不神圣的问题，是我是否可以用知识的力量，理智地去判断是否要和刘晓天绝交。让我纠结整晚的事情是这样的：我如往常一样，去他家玩坦克车，夏天的缘故，他妈李春穿着短裤出现在我们面前。我看到他妈在给腿上擦药膏。药膏涂抹到的地方震撼到我幼小的心灵，虽然我那时以为自己是见过很多大世面的英雄。那一刻，我还是胆战心惊地问刘晓天：“为什么李托阿姨的腿上有那么一大块紫黑色，为什么那么一大块啊！”我用手比画着它的庞大，我故作镇定地想要得到他的答案。而他只是幽幽地说了一句："我爸打的。"我夺门而出，把李春阿姨的疑惑抛在脑后。我突然不想当英雄，我第一次明白，原来恶势力可以出现在家里。

回到家，我一直在纠结刘晓天是不是冷漠的问题，我又该不该和他绝交。但是，我内心充斥着的是恐惧。我固执地以为，下一个受害者便是刘晓天，我被自己的念头惊吓到。接下来的交往，我有了一些更谨慎的观察，终于在某一天，刘晓天对着窗户冲着在院子里的我大喊："我想出去，我爸把我关起来了。"我第一时间飞到他窗口，我坚定不移地认为他爸终于对他下了毒手。我的建议是，让他关好房门，我去家里灌水，灌满他的房间，然后他就可以像"乌鸦喝水"里的小石头一样，飘出窗口。结果，正义化身的我又因"低级错误"的缘故，对拯救刘晓天事件，束手无策地以失败告终，还因此各自挨了一顿揍。如果那时候，我已经念书，我大概能体会"赔了夫人又折兵"的滋味。

一年后，我搬家了，搬去街对面，我时常会见到他，可惜他越来越忧郁，从最初幽幽的眼神，到之后干脆郁郁寡欢，谁都不理。院子里的伙伴都躲他远远的。有主动上去搭话的，也被他冷漠的眼神和话语搞得一头雾水，悻悻地跑回伙伴群中，远远地看着他的背影。那是我在听说他家变之后的事，李春阿姨离开了他，当然也离开了他的恶势力爸爸。那时，我和刘晓天一样，都已经开始读书，我模糊地明白，李春阿姨终于安全了，但她并不快乐；我也清楚地明白，刘晓天也安全了，但他失去了朋友，他也不快乐。

当我们面对面撞到一起，在那样一个不可回避的时间里，他选择冷漠地走开，像从未认识一样。他爸找了新的女人，我不再清楚他的大舌头好没好，因为他不再开口说话。他快要十岁的时候，我又搬家了，这次干脆搬得更远，如无意外，不会撞见在某一个不可回避的时间里。我执意地相信他十岁那年，“大舌头”一定会莫名其妙地转好；他还会见到他妈，或许会改变主意，跟着她走，大概会快乐一点儿。

几十年过去，他没有被遗忘在我记忆的角落，却早已不是朋友；我也早已不犯低级错误，却时常怀念起那时的纯真。时间是个可怕的东西，每次和朋友聚会，尤其老友见面，我们总会在乐得差点背过气的时候，认真地补充一句“还是小时候好”。然而，我们都很清楚，时间在彼此身上，已经索取了太多纯真。

所谓叛逆

上学时，听到“叛逆”，总以为和“恶劣”是同义词，尤其从老师嘴里说出来。那一字一顿地道来，柔韧里带着莫名的痛恨和不耻，看一眼老师都自觉心虚。

大学时，听到“叛逆”，总以为和“另类”是同义词，尤其从教授嘴里说出来。那时在国外念书，氛围与环境告诉你，另类的人多少都是叛逆的、特立独行的怪胎。而怪胎，是最接近天才的人才，不是绝顶，也是快灭绝的物种。

毕业后，听到“叛逆”，总以为和“自闭”是同义词，那时我已回国工作，周围呼之欲来的一切告诉你，再这么叛逆下去，你势必要影响日后的职业发展，叛逆不是你的个性，至少你早已不是孩子……

叛逆，我感觉自己只能算是“有点”。上学时，我想叛逆，我怕叛逆过了头，惹到老师张开血盆大口；大学时，我叛逆得有恃无恐，因为我正在放荡不羁的年龄，教授不会从遥远的东方请我妈过来教训我，甚至他根本不知道这个穿着拖鞋睡裤来上课的家伙是谁；工作时，我叛逆得很矫情，被领导肯定的优点，都是我用叛逆幻化出来的另一个自己。我美其名曰“闭门修炼”。那时，对于未来的职业发展我还未作详细规划，但眼下我必须选择快乐，这是我人生的宗旨。

我喜欢写作这件事，要追溯到上小学。我天性喜欢编故事，编剧情，又特别有表演欲，于是变成班里公认的“活宝”。我擅长把笑话讲成相声，再把相声编成打油诗。为什么除了语文课以外，我的成绩都不大好，尤其是数学，思来想去应该是小时候总走神的缘故，并且真心忍不住。我在想今天老师变了个发型，昨天她大概去了哪家理发店，然后笑盈盈地朝着理发师说出她想要的发型，然后再笑盈盈地面朝镜子摆着各种姿态，那为什么她现在要板着这么难看的一张脸站在讲台，单看发型说得过去，再配上这张脸，就有些可惜……再不然，体育老师今天换了双新球鞋，这双鞋看上去有点摩登，可是他到了已经快退休的年龄，想必是闺女买给爹的，他当时应该会问：“花了多少钱？”……

我总是走神，总是喜欢看各色人等，总是喜欢在一点蛛丝马迹里迅速变换着剧情，我疯狂地陷入假想中……据一位占星的朋友说，我大概受到“海王星”这颗代表“浪漫与梦幻”的星星的影响，我想象力充沛，却又不切实际。

但——人，要那么实际干吗，不是说过了，人生如梦，醉酒当歌……

啊！我的海王星又将话题扯远，继续说热爱写作这件事。老师说过，写作六要素缺一不可——时间、地点、人物、起因、经过、结果。老师还说过，先写大纲，再写正文。老师说过很多，我都在拿着笔睡觉，佯装记录。我的大纲是我写完正文之后补上去的，补得我很痛苦，感觉一定要完成一件很机械的事情。那种文思泉涌后的畅快淋漓，一下子消亡在这种“机械运动”里。好像一个浪漫的水手，遥想心爱的姑娘时，从胸口掏出一支口琴，正被自己的情怀搞得意乱情迷时，遭遇海上风暴，猝不及防地拍了一脸苦涩的海水……

我的写作逻辑是，想到哪里写到哪里，却总能莫名其妙地拿到高分，并不是老师弱智，而是我的思维刚好够用，暂且算是严谨又浪漫的综合体，便也能做到“恰到好处”。别人不这样认为，这种行为已经构成了叛逆。我在反课堂，反老师，我将来就会反社会，“莫须有”的假设，一瞬间都变成了确凿的罪证，让我不忍直视自己的未来……

老师曾耐心地想要拯救我，他不愿看着这样一个长得还算可爱的孩子，迷失在“不知归路”的象牙塔中。首当其冲的是数学老师，他其实对我恨之入骨，毕竟我常常拖后腿，即便我不属狗……

“你的阅读是满分，想必你理解能力没有障碍，为什么应用题空着不答？”

我看着一个数学老师，叛逆地拿着语文卷子找我谈话的样子，有点想笑，但我还是选择一本正经地回答：“思维叛逆，精神错乱，我完全理解不了应用题的逻辑，比如甲乙追踪，看的惊心动魄又紧张兮兮，你追我赶一阵还必须相遇，简直虐心……”

我又去罚站了，一个语文成绩年级第一的孩子，又站在办公室门口，昂首挺胸，宁死不屈的德行。看见我的同学，都自觉绕道走。我一脸写着“非诚勿扰”，要不你也一起站过来，咱俩还能在老师眼皮底下，来段“二人转”，至少我不会一个人意淫得太枯燥。

我最喜欢的并不是自主命题作文，而是续写。每次听到留这种作业，第一反应永远是：今儿晚上又有事干了！对于中国文学或者外国文学，我不偏食，但比较喜欢挑战外国文学。那一刻，你好像乘风破浪漂洋过海，玩了一大圈，偶遇了小说主人公，展开了一段天马行空的奇思妙想，也许是科幻的，还可以是悬疑的，再不然纯爱的……

后来，我在文章里叛逆，叛逆得像个骗子或者侩子手，我不喜欢醉倒在梦幻里，哭哭啼啼的像个三岁孩子；我在文章里撒野，野得像个疯子或者二流子，爱的痴狂的背后是一场阴谋，或者王子的真爱的确是个男人，so what？我的地盘我做主的感觉，好极了！

小学同学见惯了我耍宝，那时候成绩算好，当过几年“好儿童”。普及一下“好儿童”的概念，一个成绩够资格竞选三好生，却因为跟男同学关系太好，以至于女同学都跟我不熟而名落孙山的安慰奖——“好儿童”。那时，命运对我不济，班里男女比例严重失调，我也算是实至名归的“好儿童”；初中我已经开始学会逃课，罚站和被训的次数有点多，磨炼得脸皮有点厚，虽然我语文成绩还是那么好，但是命运对我不济，那时初中重理轻文，重点是，风华正茂的年龄，连好儿童都没得当；高中生涯，比较刀光剑影，我叛逆得越发强烈，在国际学校的三年，出国次数的增加，以为见识多了，不可一世。我当时的写作范围已经从纯文学步入代写情书的节奏，每每经由我忽悠的情书，不仅赚取了眼泪，还赚取了爱情。我昂首挺胸、自鸣得意地劝慰失恋的朋友——“没事，兄弟帮你接着写！”

我所谓的“叛逆”，在笔耕不辍的这些年里，寻出了些蛛丝马迹。从天真烂漫时，我们扶着老太太过马路的情节开始，我一路从纯真迈向真实，好像一个有点羞涩的水手，在遇到海上风暴时，抛却一切羞羞答答，直奔主题的一个吻下去，热情四溢、血脉贲张……

我这是有点“叛逆”吗？

班长好

前年春节，回加拿大与家人团聚。午夜和妹妹胡吃海塞回家，收到一封E-mail，大致内容如下：在这样一个难得的节日里，全体小学同学到某地聚会，如有家眷可带上。接着下面说了一大堆煽情的blablabla……

我很少回忆小学的往事，那是一段承载了六年的幼稚阶段。1990年入学我还是一名不折不扣的“小豆包”，直到1996年毕业，我已初具玩世不恭的原型。按理说，在往后的学习生涯中，不会再有超过六年的同窗，我们该是把彼此留在记忆深处。可惜，有些人的出现便像感冒了一场，打打喷嚏咳嗽两天就会过去；而有些人注定在相遇的那天，就像发了一场烧……

我的思绪，轻易地被一封邀请函勾起了对往昔的回首。我在想组织聚会的那些同学，大概已经在热火朝天地策划见面的事宜，我突然对自己只等现成的心态愧疚。于是在今夜，我对那些曾让我“发过烧”的同学思念如潮……

春节前夕，他发来儿子出生的贺电，字里行间满是按捺不住地笑逐颜开，他还恬不知耻地倾诉着初为人父的含辛茹苦，一把辛酸泪。我回复他：“这才哪儿到哪儿？遥望一下自己七老八十，儿孙绕膝，你捋着一把烂胡子，坐在摇椅上，一脸老态龙钟慈悲为怀的笑容，内心嘚瑟着这一辈子，也算是有奔头的。”他不再掩饰矫情，回复我，“知我者，你也。”

想当年，我们是同桌，我坐他左边，他坐我右边。我曾多次想和他对调位置：因为他是“左撇子”，我是“右撇子”；我语文比他好，他数学比我好，如果对调位置，我们既省去了用胳膊肘争地盘的烦恼，又可以敞开视野抄卷子，真是两全其美，双赢互利。可惜老师也参透了我们准备互惠互利的目的，于是，我们就一直胳膊肘顶胳膊肘地坐到了毕业。我们生日相差五天，算是同一星座，彼此敏感聪慧，又各走各的路线。后来他去了印度，我在加拿大，隔着千山万水，讲述彼此的生活，我羡慕他说他的公寓里有仆人打扫，他羡慕我大学后身的那片海。他语文不好，表达能力有限，我却能领悟；他数学极好，偶尔我逻辑开小差，总会被他及时纠正。难得的互补，语言失去了沟通的意义。

如今他初为人父，一本正经的脸，也无法掩饰他欣喜若狂的心。他从不生气我对他无情的拆穿。他总说：“你就是太了解我的痛痒。”

另一位，是我的后座，去年她在北京开了自己的服装店，我恬不知耻地空着手去恭祝，却收到一本她送给我的书，只因为她在书店发现这本小说里的主人公和我同名同姓，她总觉得我的名字很好玩，好玩到很少见。她开店的消息令我惊讶，因为她常常抱着目标开始，又半路莫名其妙地荒废。好比：给我买的那本书，原本她要去买育儿食谱，却意外地在青春文学驻足良久，结果满心欢喜地抱着送我的书出来后，才发现食谱也被忘得一干二净。所以，小时候我常常保护她颇为简单的头脑，我生怕她丢三落四或者委屈自己。

四年级的夏天，她穿着裙子，劈着大腿，用一本练习册不停地扇风，以便让两腿间再凉爽一下，就这么巧，我的笔掉落在她脚下，然后我发现她裙边的血迹。oh no，我抬起头，郑重其事地说："如果有人欺负你，我们都会保护你的，是不是有人把你踢破了？……"虽然我早已通晓生理卫生的常识，那时却不懂侧漏的烦恼。多年后，我把这件事说给她听，她一脸无语地说："啊，我居然不知道漏了。"这样一位冒失的家伙，居然专一起来，开了店，咂舌之余，我拜托她一定要撑个十年八载。

那么另一个同学，可算是互相激发出艺术灵感的挚友。她曾成功地开发了我的绘画天赋。三年级的某一天，英文老师烫了爆炸头，自此，她的新潮理念就鼓舞了我们绘画"老师的头发"系列专辑。今天是数学老师，明天是音乐老师，后天是自然课老师……总之，除了体育老师，那个秃头爷爷外，其他老师无一幸免地出现在我们的秘密画集里。我们曾那样的互相欣赏，捧着臭脚，停不下来地观摩对方的大作。记得曾因为一点儿芝麻绿豆的破事，两人闹过矛盾，沉不住气的我，画了一个自画像给她，分为三幅：一、我生气的脸，二、我消气的脸，三、我微笑的脸……多年后，她真的当上画家。我去观摩过她的画展——《老人与海》《日出》《同窗》……看到《同窗》，心里一暖，如今的她，不再是画中幼稚的面孔，她知性又优雅，频频地和各界人士谈天说地。我逮住晚饭机会，和大画家聊天，开口的第一句我说："画很牛，你很美，看来你已经对老师的头发毫无兴趣了。"她仰着头，还像小时候那样肆无忌惮地在我面前狂笑，随即假装正经地说："私下画画可以了，另外，我还要感谢你培养了我的策划能力……"

其实，小学同学聚会不止举办过一次，我看到过照片，也耳闻过实况，就是从未出现过。据说，班长还是被拥戴起来，大家各自交换着名片，席间谈吐着工作与赚钱、家属与孩子。女同学交流着育儿经和驭男术，男同学称兄道弟地说着"有机会合作合作，赚一笔"。据说点菜还必须由班长来点，美其名曰"理儿"。我很难再抱着儿时的回忆，单纯地怀旧。遥想当年我们灰头土脸，如今我们化着自己都不忍直视的妆容对坐长谈。

我曾收到过一份去年聚会时的合影，参差不齐的同学，我都辨认不清，某人好像曾经和我玩过一次砂子，又一同去老师办公室被呵斥着写检查；某人好像曾经被我逼迫着画过一幅美术作业，硬生生地被我欺负了一年之后再也不搭理我了；某人似乎曾坐过我的同桌，却未讲过话，他是不是姓郑？……记忆越来越模糊，事件与人名，我已然对不上号。

有些人的出现便像感冒了一场，打打喷嚏咳嗽两天就会过去，而有些人注定在相遇的那天，就像发了一场烧……我借着回忆的温度，回复道："班长好！远隔重洋，我祝大家玩得尽情，喝得尽兴，抱歉无法出席，咱们'相见不如怀念'。"

暧昧

我曾兴致勃勃地与朋友讨论暧昧的含义。其实“暧昧”本身就是一个极其暧昧的词汇。字面含义赋予它“模糊不清、昏暗幽深、不明朗”等意。有天朋友被我问得兴起，他义正言辞地描述他所理解的暧昧——“像放风筝，线在手里，却无法预知方向。”我一向很难理解暧昧的味道，为什么让痴男怨女热衷于此，思索良久终于有了答案，那是从我家猫身上得来的灵感。

某天我伏案写作到深夜，写到瓶颈处，有点枯燥有点烦闷，于是遥望书桌对面的窗台。“喵”的背影映入眼帘，在这样一个沉寂的夜晚，它站在窗台。我坐在桌前，一人撞上一喵的眼神。片刻后，它以轻盈的步伐悄悄走到我脚边，用尾巴慵懒地撩起我的裤脚……这完全是一种“暧昧”的气息，却不是暧昧的实质。

换句话说，暧昧并没有任何实质，正因为如此，才多了许多让人遐想的空间。它好像是一种对完美的补充，在脑海里天马行空又无所畏惧……

我有个朋友，是一名女子，但却不弱。她身形已然不算娇小，可以说有点粗犷；她皮肤细腻，有些黝黑；她五官精致，不落俗套。她是一位歌手，在酒吧驻唱的歌手。几年前，她从距离北京几千公里外的地方，一路所向披靡考到北京念书，却依旧不能放弃演唱。她的专业是美术，她喜欢演唱；她毕业后没有从事过一天美术行业，她喜欢演唱；她很纯实，像喜欢唱歌的理由一样——只是在做“自己喜欢的事”而已。

有段时间，我隔三差五地会去看她演出，不出意外，她每晚会唱八首歌。她的台风很大气，颇具“欧美气场”的风范。我从台下望过去，她粗犷的身材，刚好够“丰腴性感”。她黝黑的皮肤，像极了欧美古铜色美女的审美标准。高亢的嗓音才是亮点，极具爆发力，伴随着微微上翘的嘴唇，撼动全场的气氛。

因为关系熟稔的缘故，在她中场休息时，我们会喝上一杯。

我曾问她：“你工作在灯红酒绿之处，见惯了寻欢作乐、醉生梦死的男女。你觉得暧昧是什么？”她并没有正面回答我这个问题，反而给我讲了一个发生在她身上的故事。

初来乍到时，她每晚会唱四首歌，曾有一位来自英国的男人，每晚必到，一瓶啤酒，一盘爆米花，听完就走，从不曾有任何交流。酒保八卦地问他是否在等谁。他用非常标准的中文回答：“那个喜欢唱英文歌的女孩，她很性感，我很欣赏她。”那个男人口中的性感女孩便是她。

这段故事情节有点暧昧，又好像什么都没有。他们不曾认识，也没有交集。那个男人讲述自己喜欢她的某种眼神，我深有体会。“每次歌曲高潮过后，伴随着掌声，她的眼神在聚光灯下舒缓地‘致意’每一个人。”那是怎样的一种眼神，看到你时，感觉自己是特别的，当掠过时，又好像风淡云轻的不曾来过。

也许，暧昧便是如此，好像来过，便怀疑是一场梦境……

突然想到才子词人林夕，记忆犹新的是他写在歌曲《暧昧》里的一句词——“从未热恋已相恋。”

如果非要给暧昧下一个定义，或者质疑暧昧的实质，没有比这句“从未热恋已相恋”更贴切的诠释了吧。于是有人说，太清醒太现实的人，不适合暧昧，那种若即若离、说爱非爱的感觉，实在不够冷静。

我曾经开始过一段关系，至于是什么关系，并没什么关系。重点是曾在我心里留下过什么。这段关系开始在某一个雨夜，浪漫得有点不写实，画面每每渐进又淡出，出现在似爱非爱的柔波里。彼此觉得距离刚好，死撑着不想表白的阶段，也许正是暧昧的开端，而真正的暧昧，不会有结局。回忆起来，这段莫名的“暧昧”，正如浮光掠影般厚重又难以释怀，像醒着也会做梦般的画面，与距离、时间只争朝夕。

“突然熟悉的气息……没有缘由，找不到源头。”

“于是，在人群中，用眼神追随。”

还是会擦肩而过，如果不是又一个寂寞的雨夜，我不会再次想起那件往事。那是一段说得清、道不明的关系；一段开得了口、又不知从何说起的记忆。思念像钟摆左右摇晃、又难以捕捉。一抬眼，它在湖水边；一低眉，它在笑容里；一转念，它停在吹着柳条的少年的青春里。思念，溢满时间的沙漏，溢上桌角，溢满脸庞，满地成殇——一场从未热恋已相恋。

……

说到底，暧昧不是一场简单的骚动，不是暗地里的“有一腿”，更不是一时的错乱情迷。它更像是一种自以为是的调侃。

十年里，我的那位朋友，还在舞台上哼唱着她的歌。她曾说过这样一段话：“我喜欢音乐，该是个乐观的人。我喜欢在音乐中迷失，完全不能看是非。生活在城市中，天天都有霓虹，把我们照得太好看，反而看不清是否快乐。不谈情，却频频听说分手，感情让她们不畅快，不断在听难过的歌。我曾幻想走出门，让爱融化你和我，却总以为吵闹与不安太多。最后，我还想自己唱唱歌。”

有人说：“情不知所起，而一往情深。”

那么，暧昧呢？

一段关系，还是，一个梦想？

好吧，暧昧需要品位。

你好，陌生人

曾经，故地重游某地，约老友，叙旧情，没有艳遇。

乍一听，“你好，陌生人”像是两个甲、乙路人，在某一个天时地利人和的时机，为了解决某个突如其来的问题而相遇，它有时也是“艳遇”的开端。

电影《偷心》（*Closer*）并不是在讲艳遇，暂且可以被当作由艳遇引发的爱情故事。然而，若想发生艳遇，总要先有“邂逅”。于是，邂逅领先一步变得暧昧起来。影片里，女主角摔倒在公园的一隅，男主角跑去搭救，不期然地邂逅，伴随女主角那句“Hello Stranger”掀起了观众对后续剧情发展的热情，那一刻充满了躁动与性感，期待与从容。就算接下来的一幕发生在床上，两个见面不久，互不了解的陌生人，彼此交织在一起，似乎也并不奇怪。

艳遇，本就是一场似爱非爱的经历。和暧昧相比，它发生了实质，却一样没有结局。换句话说，邂逅使两个陌生人面对面、暧昧让邂逅变得丰盈性感、最终引导身体完成艳遇的实质，然后再分道扬镳，毫无结果。

我们每天都会邂逅很多人，从清晨开始，公车上、地铁里，甚至电梯间，邂逅了太多人，有些人不止一次擦肩，却丝毫没有交集。发生艳遇的可能便微乎其微，发展爱情的任务更是难上加难。

电影的浪漫之处在于臆想的事情如期而至，给原本枯燥的生活打了一针兴奋剂。而现实往往让人心生遐想，又容易失望至极。比如：一个弱不禁风又想入非非的女子，特意跑去公园制造一场邂逅。她也许在掩面哭泣，等待着一个高大威猛又有着含情脉脉眼神的男人递送来的纸巾，给他一个英雄救美的机会；亦或者她只身一人，寻找陌生人给自己和良辰美景拍照，给他一个镜花水月的偶遇和搭讪的借口；或者干脆像《偷心》里的女主角一样，摔倒在地，等着帅帅的有点忧郁的男人的搭救，让她心满意足地说出那句“hello stranger”。

然而，兴奋剂打在了脑子里，胸口却急需一剂强心针：正在哭泣的你，接过的是一位和蔼可亲的老奶奶递送来的纸巾，你为了表达感谢，随后扶着老奶奶穿过马路，英雄救美变成了互帮互助；你给了一个热情的找你搭讪的小朋友一颗糖果作为奖励，奖励他如此热情地帮你和良辰美景拍照，镜花水月变成了哭笑不得；终于让你等到了帅帅的忧郁的男人的搭救，你刚准备好那句性感的“hello stranger”的台词，他却拨通了急救车的电话，就这样，兴奋剂换成了强心针……

你好，陌生人，他在哪里？

遭逢艳遇比遇见爱情还要难得。它就像一锅满是山珍海味的汤水，偶尔滋补一下，却不好常饮。次数多了，艳遇沦落成滥情，便了无生趣，变成寂寞空虚的借口。曾经我和朋友旅行，约老友，叙旧情的空隙里，她成功地与一位潜水教练邂逅。几个朋友坐在沙滩边，喝着冰镇啤酒聊着天，她银铃般的笑声从海岸线那头传来。皮肤黝黑的潜水教练拉着她的手，故意做错一个示范摔在水里，引来这笑声四溢。原本这就是一个陌生人与另一个陌生人的故事，在突如其来又明知不是爱情的情况下，用眼神凝视着彼此对话——“就算只是一场艳遇，也正常的犹如天理。”

不过，似乎还有一种可能：如果能在上帝巧妙地安排里，你在悲伤欲绝时，跑去街心公园，无巧不成书地认识了那个给你feel的陌生人；或者有个给你feel的陌生人，拍了你一下，毛遂自荐要为你拍照；再不然，帅帅的忧郁的男人，面对你的脆弱，抛却了忧郁，一把将你抱起，也该是完美的，你管它接下来会不会发生艳遇，也没准是一场真爱呢！

梦想，写给这座城市的情书

情怀，说得多了，却很少听到有人谈论情操。

情怀和岁月有关，情操却有着不过时的优点。

情怀，被时间沉淀的有些经典，所谓“怀旧”。

时下，越来越多的年轻人喜欢“怀旧”，说到底，他们还是在证明着自己的青春。迟暮的老人懂得时间的可怕，不知人世间还能享受几个十年。一个面容布满皱褶的女人懂得岁月的无情，时间已经渗透了她的年龄。他们不敢“怀旧”，那是伤怀，是落寞，是破罐子破摔。他们越来越需要人群的围绕，是安全感的缺失，而“怀旧”是独享的。

电影《再次出发之纽约遇见你》讲述的是一群心怀梦想的人的遭遇，听上去有些老掉牙的俗套。一个失意的音乐制作人在醉酒的那间酒吧，偶遇了有才华又清新亮丽的女歌手，伯乐爱惜良才，一起激情奋斗的故事。

女主角有着创作的天赋，却甘愿做歌星男友背后的女人，原本一切的美好，就在识破男友的背叛下破灭。分手后的女主角伤心欲绝，她创作出一首绝望的略带小清新的歌之后，遇见了那位失意的准备跳地铁自杀的音乐制作人丹。女主角的出现让丹重获新生，点燃激情，他要包装她，让她一夜成名，自己也要洗心革面，卷土重来。

一个不得志的在路边自我陶醉的胖子吉他手，一个落魄的被音乐公司赶出来的制作人，一个因失恋想寻求解脱的女歌手，还有一群为了生活所迫、心怀梦想的音乐家……他们因为一个共同的目标走到一起。一支拿丝袜罩着的话筒，堆满垃圾的小巷，公园的喷泉，夜色朦胧的屋顶，一群调皮捣蛋的孩子，一切你想得到或者想不到的，都变成他们完成目标的线索。

丹要包装这个女孩，她是一棵摇钱树。但是她却拒绝了这个提议，她用一美金的酬劳将歌曲发布在网络上，她要走和男友不同的路，她出了这口恶气。复仇结束，两人忘我地大笑。那一刻，这部电影没有落入俗套，两个有着灵魂相通的知音，并没有接吻，而是用一种互相欣赏的距离，深深地拥抱。

这部电影没有任何一点“怀旧”的感觉，而是一味地往前冲。谁都无法预测结果，you did it，then you done.他们都是有情操的人。丹说：“你知道我为什么那么喜欢音乐？因为它的存在，把生活的琐碎和毫无意义的画面，变得有趣，它有感情，就好像一颗颗珍珠一样珍贵。”他有着对音乐精益求精的情操；小清新的女主角，面对男友最终的回心转意，她释放了内心的羁绊，有种“今日的我，要感谢昨日的你”的大气的情操，洒脱的挥别祝福；那个每天在路边演唱的胖子吉他手，即便他周围没有一个观众，仍不忘在曲终人散时说句“Thank you”，他也有着对音乐执着的情操。

情操，有着不过时的优点，它像是吃了不老仙丹一般的经典，不分性别、年龄；不分时空、地点；不分抽象、具体的存在。如果你有梦想，你就会找到它。

在越来越世俗的社会里，太多的人为了成功铤而走险，言不由衷。你很难发现，在这座城市的某个角落，有这么一群不得志的人聚拢到一起，把心底的悲怆换做力量，用各自对生活的理解和情操，给这座城市抒写出最美的情书。

年少时，爱做梦，却很少有人拿梦当真；正值青春时，我们用精力造梦，又难以坚持；回首时，我们在茶余饭后，调侃着青春。然而，如果某一天，你站在某个街角，看见这样一群疯子，你突然很想落泪，你在迷失中努力的追忆起年少时的星星点点，你被自己的情怀打动，如果可以……如果可以唤得回曾经那些心潮澎湃的忘我和激情，你也是下一个有情操的敢行动的人。

We are all lost stars，trying to light up the dark.

慈悲

走在曼谷的街头，抬头就能望见纵横交错的电线，窄小的街区，充斥着各种小商贩。作为游客或本地人，绝对能做到走到哪儿吃到哪儿，完全不用担心饿着肚子行走。除了“萨瓦迪卡”这一句外，我不会任何泰语，泰国人民的英文不如印度人流利，却比印度卷舌音易懂，我们都来自母语并非英语的国度，连比画带猜的沟通，多了很多乐趣，也为旅途平添了一点美丽的收获。

小时候，我习惯问父母，电影里的人到底是好人还是坏人？不善言辞、不爱表达的父亲告诉我“不好说”。我从不清楚“不好说”也能成为一个答案，在孩子的世界里，好就是好，坏便是坏，岂有“不好说”这等灰色答案的道理。我执拗的性格驱使我打破砂锅问到底，于是父亲有点不耐烦地说：“就当是坏人吧。”他极其理智，很少会用哄孩子的方式诱导我，所以我是靠推测长大的。

我离开曼谷，坐上前往小镇的大巴，一路风景迷人，到达酒店时，已经入夜。一个人在灯红酒绿的街道闲逛，看到一对对“临时情侣”穿行，他们来自两个国度，通过互联网联系，浏览过照片与资料，询问过爱好与芳龄，达成临时性“情侣协议”。剩下的任务就是这位泰国女孩，等着如约而至、遵守合约的异国男人的到来。这在当地称不上奇特，似乎已变成当地特产一般——俨然一脸写着：“走过路过，不要错过。”

相比较非临时性伴侣，他们也算是某种形式的爱欲关系，只是认识的过于直接快速，闪电般成立临时情侣关系。契约期间，他们和非临时性情侣的状态不无二致。我在他们中间穿行而过，看见他们牵紧的手，搂紧的腰。甚至在某一个有风的晚上，我坐在一对临时情侣的对面喝酒，他毫不刻意地随手为她披了一件自己的衬衣……酒吧的另一端，有一对情侣在吵闹，也许为了某个前男友的骚扰，又或是为了家庭琐事烦恼，他们是非临时性情侣，他们没有契约，但也许过了今天，他们一样会分手。

“成年人权衡利弊，孩子才过问对错”。我已经过了询问对错的年龄，不再会用对错这种简单的是非方法去推测临时情侣的利弊。在契约面前，数着分秒，倒计时般地做着情侣，你也许不会再愚蠢到拿欢愉的时间争吵，没准你突然顿悟出珍惜的要义。

泰国是宗教国家，除了人文古迹，便是风土人情，处处体现着宗教国家特有的感觉。善良，活得惬意的男人女人；悠闲自得、健康干净的流浪猫狗，还有拥堵的街道，无人鸣笛的整齐车辆。

其实，我想说：泰国是宗教国家，宗教的意义在于教人慈悲！

我是土生土长的北京人，大院里长大。小时候，我们比较容易嫉恶如仇，黑白分明，好人便好，坏人就踢出局。我们仗义执言、乐于助人又臭贫兮兮；我们不懂宽容和慈悲，也是一种对“坏人”的救赎。所以，我们更容易满嘴仁义道德，转过脸也会为了争抢几块糖果而吵的你死我活，打的不分伯仲。

我曾在曼谷最繁华的步行街看到一个小男孩，他高高瘦瘦，留着圆寸。同行的泰国友人讲，他这是刚做过和尚后的模样。小男孩拉着同行的两个女孩，并行走在商业街上，并没有被过分注意的三个人，却被我在人群中发现。友人憨厚地笑着宽恕我的孤陋寡闻，没见过世面。是的，他穿着低胸吊带长裙，黑色丝袜，女人，是颇为成熟的女人的凉鞋，以及化得非常精致的妆容：小麦色粉底、黝黑色黛眉、烈焰红唇……两个女孩拉着情同“姐妹”样的男孩，即使这在当地屡见不鲜。他们三个就这样互相挽着，大概聊着时尚和化妆。掠过他们的人们没有投来任何一点歧视、惊诧、鄙视的目光。我们与他们走了个面对面，我也用大多数人的姿态回应了他一个萍水相逢的微笑。当地的朋友讲：“他大概过几年会选择手术。”我问：“变性手术？”回答是肯定的。

朋友只是云淡风轻地讲解给我听，而，我却看到了他满眼的慈悲。

SO SO

最近频频参加婚礼，也频频听说分分合合的爱情故事。

围城里的人，习惯性地凑在一起，感同身受地发泄着城里的故事；围城外的人，站在爱情的边缘，好像连抱怨都缺少应有的底气，当你一开口，就不免被加上“不被认同，反被教育”的罪名。

说到《围城》，便想起钱钟书说过的一句话：“天下只有两种人。比如一串葡萄到手，一种人挑最好的先吃，另一种人把最好的留到最后吃。照例第一种人应该乐观，因为他每吃一颗都是吃剩的葡萄里最好的；第二种人应该悲观，因为他每吃一颗都是吃剩的葡萄里最坏的。不过事实却适得其反，缘故是第二种人还有希望，第一种人只有回忆。”

婚姻，也大抵如此。

围城里的人，在走入婚姻之前，未必真的想好要携手同行；围城边缘的贵族们，也未必不懂自己想要什么？至少人家还拥有希望。

人，是矛盾的动物。感性与理性会碰撞出诸多的“拧巴”，幸运的是，一些人仍然还能苦中作乐；不幸的是，另一些人纠结到死还在苦海中挣扎，于是，心态就变得特别重要。

一个朋友，频频参加婚礼，频频听说分分合合的爱情故事，依旧频频地相亲。一开始她挺积极乐观，时间久了，身边变幻莫测的人多了，她开始消极了起来。这种消极并不是对自己失望，而是对感情这种摸不透的东西多了一些抵抗。为什么？答案特别简单，她翻着白眼，口沫飞溅地跟我说：一个女孩子梦幻的爱情，在经历和现实中，已然退却的只剩下失落。

“没有最坏，只有更坏”是眼下很多女孩子对男人的评价，或者说对感情的评价。于是，时下我们听到最多的话便是那句“不高不矮，不胖不瘦，不白不黑，不贫不闷，很 so so……”一旦结婚，便可以过上“不吵不闹，不欢不乐，不好不坏”的生活。你若问她：“这是你想要的生活吗？”她大抵会回复你：“那也总比一天到晚，吵个架闹得不眠不休，闹个冷战搞得不理不睬要好得多。”

我不敢称自己是过来人，佯装专家在这里说“不痛不痒”的话，看着她说的神采飞扬，我在脑海里已经勾勒出他们婚后的雏形——偶尔吵一场“不强不弱”的架，算是势均力敌、喜忧参半；需要动武时，也能选准武器“不偏不倚”地砸去想要砸中的要害吧。

那还有什么好烦恼?

中国与西方越来越多的接轨，所带来的思维逻辑碰撞非常明显。在婚恋上体现尤甚。我们这一代人（标准80后）分化的就有些明显：一部分人所受中国传统教育，上一代人（50后）中规中矩一辈子，希望我们延续他们过来人的想法与做法，谈不上最理想，但也不至于害了你；另一部分人曾接受过西方教育，他们具备多元化的视野，看待爱情虽不像西方人那样彻底开放，也不再是中国传统婚恋的观念，他们更重视恋爱的感受，婚姻的乐趣。

朋友M曾经历过这样两段爱情：第一段，爱得强烈，你侬我侬，耳鬓厮磨，同时分手时也你死我活，互相厮杀；最终一段纯粹的感情在不成熟与现实面前做了妥协，刻骨铭心也不堪回首，坚决不再回头。疗伤时，遇见某男A，因感动在一起，始终生不出爱。她自己说：我爱不上这个人，可他是个好人。他可以为我做这个做那个，也可以为了我的朋友如何如何，甚至替我的家人想这些那些……接下来的情节，就是不眠不休的冷战和争吵，因感动而维系的感情，无可奈何就变得不可避免。于是，被称作鸡肋的感情，就此终止。她说他是理想的结婚伴侣，却无法给予自己想要的生活。似乎听上去有些矛盾，不过也是我支持的看法——当自己的婚恋观与爱情观相互碰撞出矛盾时，至少要给自己的内心留下一点期待。

“你还想要什么啊？适合结婚就对了，你还想晃悠到什么时候？”50后操心母亲特有的逻辑口吻。

“妈，现在是旧社会吗？不再是嫁汉穿衣吃饭的时代了，你没听说吗，没有爱情为基础的婚姻，是耍流氓！”典型的80后特立独行女孩信奉的观念，大致如此。

“闺女，你就不能和谐一点吗？！”

其实M小姐，从小就不和谐，她高中在国际学校就读，本科在国外深造，她跟她妈这两个女人之间，除了血浓于水的关系外，根本和谐不到一起去。说到底，我了解M小姐，她压根不想和谐，她曾在给我的E-mail里这样写道：“三毛在《西方不识相》里提到做人不可总是‘恭俭让’，要有自身的爆发力，不要做好孩子，要做有锋芒的人。于是你了解我的，高中以前所接受的中国教育的‘毒害’，简直是精神折磨，‘齐步走’的教育模式不能再毒害我的爱情，甚至婚姻。我要坚持自我，即便当那个整齐队伍里唯一一个稍息的人。”

我了解她，更了解她和食之无味的鸡肋A男人的感情折磨，幸好她没有在是否“弃之可惜”时摇摆，她清醒地认识到：“他做再多，也改变不了这段鸡肋关系的事实。男人A是幸福的，他爱着他的所爱，但自己是痛苦的，承受着让自己内疚的代价。”所以，她必须毅然决然地离开，再怀抱勇气奔赴下一场不耍流氓的感情。

“和谐”是中国人推崇的行为哲学，是“中庸”。

无“中庸”不“和谐”，它讲究的是一个火候和分寸，要不怎么孔子在《礼记·中庸》里有言“执其两端，用其中于民”。简言之，过犹不及、和而不同体现在生活中，更像是一种“难得糊涂，笑而不语”什么的，看似充满悬念，实则也是从众心理，消亡自我的过程。

没有性格、没有要求、没有好坏之差的人越来越多。他们的需求，更多的来自集体和他人，爱他人之所爱又恨屋及乌，一准没什么错。嫁朋友口中的理想对象，娶家人看上的适婚女子，变得天经地义。多少对情侣，站在婚礼会场，说出那句真挚的“我愿意”之后便没了下文。要不了几年，再灰溜溜地登记离婚：孩子归你，财产平分，从此自由。

爱情，吃不得那一套。除非两个人都抱着互惠互利的原则成亲，也未尝不能谱写出动人的婚姻。可惜，这种概率有些低，有人愿意怀抱希望，有人则更愿意去回忆……

爱情不是谈判，婚姻也不是政治。男人和女人，不用搞得硝烟弥漫，也能和平共处。走入婚姻，说来说去，咱只需要在冲昏头脑之前带点理智就好。怎么理智，那就要问问自己，到底想要怎样的生活，以此来度过禁得住考验的漫长的婚约呢。

读

亲爱的妹妹：

见信好！

你不必惊讶，我用这样的方式与你沟通。这是我斟酌良久后的想法，遂，今夜动笔，希望你能在明晚见信好。

听说你今天和妈妈吵架了。虽然我并不清楚导火索是什么，但请你放下对我的戒备。我无须突然杀将出来，佯装另一个家长，对你进行说服教育。我想，大概只是想谈谈心，就这么简单。

首先，应该庆祝我们一起在异国他乡共度佳节。上一次春节，还要追溯到我们小时候，难得在北京欢聚一堂。那次之后，全家人送别你们去往多伦多的航班，几年后我来到你的第二故乡深造。我没来得及告诉你，你姥爷（也就是我爷爷）在我临上飞机前，交给了我一张字条，我想借今天与你分享。

“今日送行，有几句话要讲。你在国外不只是读书，还要读生活。另外，转述钟南山院士自述的一句话——人不应单纯地生活在现实中，还应生活在理想中。人，如果没有理想，会将身边的事看的很大，耿耿于怀，但如果有理想，身边即使有不愉快的事，与身边的抱负相比，也会变得很小。爷爷希望你也能读懂它。”

当年，你离开北京，年龄尚小，大概还不懂理想的意义，今日拿出来分享心得，希望并不是我的一厢情愿。

记得，在北京时，我们经常被你姥爷逼着读书看报，再不然就是他念书给我们听，那时候我们两个勉强忍受着“酷刑”，心却早已飘向大院外墙，孩子们的笑闹声一时间被格外地放大，以至于使我们都想尽快结束这枯燥无味的活动，立刻融入玩乐的天堂。但，那次“行刑”时，我们居然都听进去了。大概是因为你生病住院，想放风的心情也没了，我们并排坐在一起，听出神的那一次……

你姥爷曾当过兵，而且来头还不小。从炮兵连的小领导，一路所向披靡，成为新中国历史上第一位空军总司令的秘书。他是民国初年生人，据说家里独子，脾气有点古怪，但性情刚烈，晚年回归率真。他十几岁时，抗日战争爆发，他眼见着家乡的田地被抢，人丁被杀，到处一片荒夷。同乡的孩子早在深谙世事中变得早熟。

某一天，他们小孩兵团逮杀了一个胖翻译官，埋上尸体，又抢去配枪……亲爱的妹妹，你可否还记得他讲述时的表情，那一刻他停顿下来，轻描淡写地看着我们微笑着发问："你杀人了，还敢不敢回家？"我年长你三岁，记忆力又格外地好，这真是时而幸运时而倒霉的事情，我记得咱俩都目瞪口呆又欲言又止。不过，记忆犹新的是，那天我们都打消了偷着翻墙出院玩乐的心思……

十几岁的他，当然不敢回家。上门抓人的后果大抵用不着想象，多少次就近在咫尺，索性更坚定地离开家乡，投奔组织。于是，那一年，他入伍了，他要改变命运。

他小兵团的成员，是与他一起长大的发小，也是后来一起参军的战友。看似他们走上了同一条路，然而命运的安排，就此出现在岔路口。你姥爷后来跟着部队走南闯北，还同时接任部队的任教工作；同乡的伙伴却吃不了苦，最终成为叛徒，由此他们分道扬镳。他口述得平淡出奇，我们都好像亲临了一场抗战电影，每一幕闪回的片段，从岁月赋予他深邃的眼神里，透过来，有一种莫名的震慑。

我与你，大概认识了快二十八年，依稀记得第一次见面，你面带有些不安的笑容。你突然要一时间面对一家子陌生人，这对五岁的你来说，承受怎样的心理过程，我可能一辈子不能切身体会。于是，这也是你比同龄人"早熟"的原因。

糟糕的是，我们都生性含蓄内敛，从小就注定是慢热的一类人。万幸的是，我们当时还都是孩子，难得的天真无邪让我们成为家人，又在日后如此投缘得成为可以交心的朋友。有些缘分，很难说清；就好像命运，早在我们的过往，打上了坚如磐石的烙印。

我曾远渡重洋到陌生的国度学习、生活；你早我几年背井离乡，干脆换了另一种生活方式。那一年春节，我风尘仆仆地从学校赶回家，开门吃到饺子的一刻，突然内心波澜涌起。这感觉真好，再也无须用微笑掩藏悲伤……你早就懂我的心思，我们坐在一起聊天，并且背着家长，我带着当时未成年的你偷喝了库存的啤酒。我们第一次坦白了心事，你说起初恋，说起应付异乡生活的点滴，说起你对北京的挂念，说起童年，借着酒精你收起眼泪，放任大笑……我一改往日的幽默，突然动情。我告诉你，想起今年在首都机场送别，我突然很怀念父母的唠叨。也是在这一刻，你姥爷的话又一次响彻耳畔，这些日子，似乎有太多的生活要“读”，太多的想法要“读”，太多的人情世故要“读”，甚至的确还有太多的书要“读”。你当时正值升学压力，听我说的出神，我佯装一个过来人的模样，在找被采访的感觉……

我告诉你：“你比我坚强，我只是比较乐观。”你得意洋洋地让我改口叫你“姐”。

那年春节，你除了永远是我亲爱的妹妹，还是我要好的朋友……

今天，据说你心情非常不好，大概你不会想找我当年那种“被采访”的感觉，所以我选择用这样的方式与你交谈。我不想去问你缘由，你姥爷说过，有些事，不过小事一桩，你可记得他说起这话时的神情，那可是上过战场的男人才有的体悟。

生活的百科全书，谁都无法读完又读懂。也许，看似高深莫测，翻开不过一页页白纸，每过一天，就是纸上一笔，日子久了，记载的多了，空白自然便少。父辈给我们的经验，只是引导和参考，因为路还在我们自己脚下。

说着说着，天有些亮了，突然又找回了一点当年被采访的感觉，最后相赠一句，便安心去睡——“海里有暗礁，情场有暗箭，日子里有疙瘩，岁月里有遗恨，谁能绕得过这些，谁是英雄，也是狗熊！”

我说过，你比我坚强，我比你乐观，如果非用我的乐观换回不是狗熊的你，我就在今晚改口叫你“姐”；还有，你不要假装不懂我的意思就好。

你挚爱的家人友人　亲笔

如果，幸福是一件商品

治愈系看多了，会心生抵触。就好像煲汤喝多了，也有虚不受补的时候。明明上好的花胶、山鸡、猪骨、血燕及各种名贵中药材，各自和相生相克的瓜果时蔬放一起，该是一锅靓汤，既尝了鲜，又怡了情。可偏偏有些人，仗着大补的心，把这些统统扔到一锅，花胶不再鹤立鸡群，猪骨不再秀色可餐，就连血燕也食之无味，更别提那些中药材了，摆在一起简直就像原始人蹲坐在山洞，吃着树叶枝桠一般了然无趣。荤素的搭配，就好像你在满是野菜的盘子里夹出一粒肉末；而现代人，已不再需要这种搭配，时下流行“忆苦思甜”。

肉已腻，上野菜！

前几日，频频收到如下一则短讯：“企业家征集女性伴侣，介绍富豪包养经济有困难的美女！班花美女：每月提供1万~2万元左右生活费；校花美女：每月提供2万~5万元左右生活费；极品美女：每月提供5万~8万元左右生活费。见面公共场合、咖啡厅、五星级酒店大堂。本地可女方指定见面地点！见面满意男方支付女方月生活费一半。女方加入无任何费用！见面产生的费用，男方报销！如车马费，飞机票！有经济基础的企业家，本俱乐部全体员工竭诚为你介绍包养！微信号：××××。”

我对着手机无可奈何，做了多年策划工作，不得不佩服这条短讯的策划能力，先不说文字的诱惑力，单说周到，真是贴心到无以复加，让人叹为观止。

企业家的大补方式已经从饭桌上的靓汤，移交到床上的靓女，真乃“食色性也”。我们都是芸芸众生中的“饮食男女”，食色乃人之立足根本，热爱生活本没错，只不过当幸福变成一件商品之后，那么幸福的意义又会变成什么模样？

我有一位企业家朋友，他每天会收到比我更多的短讯轰炸，各种俱乐部的邀约，每晚撩拨着他脆弱的神经。他曾问我：“你是处女座，追求完美，你告诉我完美到底是什么？”我的答案特别简单，其实我也没细致地思考：“最完美的，不过是你的想象。喏，比如你想想，班花美女是清纯系，还是校花美女是气质型，再不然你那么有钱，干脆选个极品美女，让我们这些没见过世面的小市民也过过眼瘾。”他听完我的歪论，大言不惭地讲：“我不敢号称企业家，囊中羞涩高攀不上极品美女，咱找的是幸福。”

幸福——简简单单地中国字，真是内藏玄机。小时候我掰着手指头掐算着自己的生日，到了前一晚，我完美地想象着第二天的到来，能吃到我想吃的好吃的，能恬不知耻地和父母要礼物，晚上能和小伙伴们疯疯癫癫地跑到太阳落山，对当时的我来讲，无比幸福啊！上学后，数学极差的我，因为某一次测验终于及了格，已经幸福到要落泪，那真是人间最美的幸福！再后来，我恋爱，爱上一个爱我的人，一起去完成一件爱做的事。那一刻，就算某一天会分道扬镳，也要抓住这种稍纵即逝感，并美其名曰：幸福！

幸福，听上去简单惬意，却又哲学难懂。

幸福，最容易被忽略，也最容易被错过，那种后知后觉，突然某一天一拍脑壳“哦，它曾来过，就在眼皮底”的惆怅感，直叫人心如刀绞、肝脑涂地、气急败坏到抓狂。

如今，补品横行，我们开始回忆过去的淳朴，便有了后来的“忆苦思甜”。靓汤暂且可以变成一锅棒子面粥，刮油排毒又健康。那么靓女呢？难不成要找“悲情女、苦B女，再不然极品一点儿，穿着兽皮的原始部落女，去山洞里刺激刺激”。这……能幸福吗？不禁想起多年前冯导的贺岁电影《甲方乙方》：吃腻了大鱼大肉山珍海味，开着大奔的老板，执意忆苦思甜地下了乡。一个月后，他苦B地穿着破棉袄守在村头，遥望着他的大奔来接他。他以为棒子面能让他幸福，结果扫荡了全村的鸡。据说一到夜里，他比狼的眼神还可怕，泛起绿光，一副要吃人的节奏。我们在哑然失笑中明白了，他的幸福还是要啃着鸡腿躺在大奔里。

快餐式的生活已沦为流行的必备，眼见着幸福变成一件件可以换取的商品，我无法策划出幸福便利店的MENU，不过我写了一份指南，望能对准“饮食男女”们的胃口！

幸福便利店购物指南

你来到幸福便利店里，什么都可以买到，但也可能什么都买不到。

在这里卖的不止是饮料零食，还卖微笑、信心、开朗、耐心，以及勇气、坚持，等等。价格不等，看你有没有能力购买得到。

幸福便利店的门前，贴着一张进店守则须知，凡是想进入便利店的客人，都需要遵循这上面的规定：

一、本店内的商品，不以金钱作为交易媒介，没钱的顾客不必胆怯，腰缠万贯的客人也不必财大气粗地进来吆五喝六。

二、顾客进入本店，对待所要购买的商品必须心怀诚意，如若只是抱着随便玩一玩的态度，那恕本店不肯出售。

三、本店商品全部原价出售，概不打折。折后的幸福，怕是索然无味，毫无购买必要。

四、本店商品一旦出售，概不退换。追求幸福的路上，可没有后悔药。

五、幸福便利店没有咨询电话，小店打听不到具体位置，需要客官自己摸索来路。

My first name, your last name

思来想去，选了这个题目，我要说的事，有关“爱”。

“My first name，your last name.”翻译成中文的解释——我的名字，你的姓氏。中文的婉约情深，遇上西方的罗曼蒂克，爱的理解与表达就此变得不同。

如果我参加一场婚礼，我听到的誓言是blablabla一堆感谢的话，动之以情晓之以理什么的，最后用“我爱你一生一世”作为总结陈词的，大概十有八九是中式婚礼。而在西方，彼此的誓言，大概只有对方能懂，它更像是在一个特别的时间下的一场窃窃私语：一些特别的往事、从未像他人诉说过的趣闻，甚至一些激动人心的片刻，最后深情的说出那些只有彼此能懂的诺言。

说得有点远了，咱们言归正传，聊聊“爱”。

爱，是个有些抽象的词汇。它只能感受，却不能被完整的定义。

你身处其中，享受着爱欲的梦幻，又无法参透爱情的真谛；你置身事外，翘首期盼，又无法理解爱情的滋味。当一段感情不得不面对分离时，你才能感受到爱的强度，梦幻让你舒畅，期待让你渴求，只有分离才会让爱变得深刻。

爱，会震颤灵魂，也会凄美伤痛。

轰轰烈烈未必是真爱，火花四溅未必可以永恒。

失去才怀念若只如初见，分离又不愿梦醒时分……

何时才算得上“爱”的完成时呢?

我曾在十几年前踏上丽江这片空灵纯净的土地，那时的丽江很美，不同于如今的美。那时没有商业化的买卖，没有矫揉造作的风气，除了得天独厚的宜人风光，便是随处可见的纳西族人淳朴友善的笑脸。我走在未被焚烧前的古镇的青石板路上，在某一处小店门口驻足，吸引我的是部落的象形文字——那是相对而跪的一对男女，一根针悬在彼此头顶，据说那是“爱”字，有着亲密到无法分离的寓意……

我想我找到了答案——“亲密到无法分离”。

曾经有一位失恋的女人，几经痛彻心扉，无法走出情伤的阴影，她决定寻求心理医生的帮助。在医生的指引下，她打开了情感宣泄的阀门，她第一次顺畅地倾诉着自己的各种感受。毫无疑问，她得到了情感上的解放与心灵上的救赎。不过，就在不知不觉的治疗中，她

"爱"上了自己的心理医生。

当然，心理医生看出了她的心思，并告诉她："你爱上的并不是我，而是我的幻象。"心理学上称之为"正向移情"。

到底是什么原因，让女患者在短短的数次治疗中"移情"的呢?

答案在这里——爱情，不免让人盲目与自欺。一个帮自己走出困境，在精神上救赎过自己的人，对之怀有期待般的想象，幻化出对方是最懂自己的人。再将这份幻想付之于仪式感，便促成了"正向移情"。

爱，有时是一种幻觉?

年尾，我又参加了一场中西合璧的婚礼。形式是西化的，诺言是中式的。婚礼上，我假想了几次新娘用中文说出那句"我的名字，你的姓氏"，不禁被自己的"幻觉"打了诸多个寒颤。好在婚庆公司并没有设计这句台词，我们也省去了很多犯坏的调侃。谁都不清楚，多少年后他们会不会分离，是否也会因为锅碗瓢盆打的鼻青脸肿……

爱情，抛却了幻觉和仪式感，真实地面对你我，才会变得厚重与永恒。

就好像，让我的名字，融入在你的姓氏里，也让我融入进你的灵魂和血缘里，才能体会出"亲密到无法分离"的寓意吧。

喵的哲学

春天走了，夏天不请自来……

京城的天气，好像这里的人文气氛——直率得有失婉约。

现在，楼下闹猫的诸位，大概都是春天的“剩男剩女”，夜以继日地宣泄着“被剩下”的不满。

实在睡不着时，便坐在院子里的藤椅上，和这些“不忿”又正值生理期的大龄青年玩耍。它们分别是：老谋深算的“黑豆”、健谈新生代“豆花”和最上座卖乖的“豆包”。某一段时间里，它们分别会偶遇“暧昧对象”，度过“昙花初现”般美好的夜晚，天亮便骄傲地转身，彼此装作朋友一场。

猫，便是如此。

骄傲得过于现实、依恋得不露声色、自由得独来独往。夜幕下，矫健穿行，冷峻的眼神穿透这夜的黑，再无影无踪地消失在某个屋顶……

“猫的孤独”来自本能。

特立独行的猫，有着冷艳的眼神，矫健的四肢，身体轻盈，眼神犀利；静谧下的猫，舒展着曼妙的身姿、似睁非睁着慵懒的眼神，不时地甩着尾巴……在一个有阳光的午后，被勾勒出“性感”的模样。这一切，皆因“孤独”而另有一番味道。

人类在猫面前，不免显得有些软弱。他们惧怕寂寞与荒凉，誓死要守在一起对抗自然界的反复无常。猫，却不需要这种由恐惧带来的安全感。它有着兽的本能，它孤独又清高，追求自由又无所畏惧——那是一种对生存的自信与从容。

人类，却无法触及。

七年前的某一天，“黑豆”带着家眷安居在此。不久，两个结合了父母特点的“小小豆”诞生。好心的邻居们悉心照料着这一家四口。七年后，替“黑豆”传宗接代的“媳妇”早已在某个夜晚，华丽转身地奔赴下一场宿命。两个小家伙也早已自立门户，只有“黑豆”仍留守院落。它变得越来越“深不可测”，开始有些涣散的眼神，藐视着新来安居的过客。它从不承认自己有过主人，就这样熬到某一天生了重病——严重的口腔炎。隔着半米就能闻见它溃烂的身体所发出的恶臭。牙齿的剥落，使它无法吞咽任何食物，牙床红肿外翻，生命岌岌可危。就连对待欲要占领它地盘的敌人，都失去了往日的勇猛，悻悻地走开。

我喜欢猫，尤其喜欢那张对待生死都毫无表情的面容，淡然得让人想哭。发现它离开的那天，它躲避在某一处不曾去过的屋檐……倒带般追忆七年的时光，“黑豆”在孤独中生存下来。它没有过主人，它不是宠物，它一辈子没见过笼子，就算举步维艰，也要特立独行。它是清高的，也是幸福的。它是我喜欢的猫。

裴多菲曾在诗中诠释过“生命诚可贵，爱情价更高，若为自由故，两者皆可抛”。这也是对“猫生”最好的理解。

所以，千万不要用狭隘的价值观看待它的一生，那只是人类一厢情愿的同情。

美术课

十年前的温哥华，风景宜人。梦幻里的景象，近在咫尺：雨后的港口、天晴的云、颠簸的山路、船上的海鸟和孩童的笑脸……

进行交流的那所学校，位于温哥华市区南麓，雪山的另一边。僻静的乡下，让人心旷神怡。我每每经过的马路，时不时会有鸭群穿行到对面的河里戏水，它们步履蹒跚又笨拙可爱，上山的车会停下来为它们让路，车里的人不紧不慢地谈笑风生，目送着它们过去，一切再和谐不过。

美术课被安排在每周三下午，一个学期的油画课程，由一位造诣颇深的日本女人担任教授。她从油画的基本理论开始讲起，一点儿也不拖沓沉闷。这让我想起长达十年的中国教育生涯，每次遇到美术课这种公认为“无关紧要”的课程时，大家只需要避免公然的“藐视”已经足够。

在这里，你不需要避免公然的藐视，你只需要简简单单地参与，并且你会在娱乐中，体验到存在感。我们的画作没有被要求命名主题，“随心所欲”地表达想画的内容，是一种对艺术的尊重。这里有来自本国的学生，有亚洲的学生。本国学生，画风奔放，创意无限；亚洲学生，技术过硬，严谨认真。这源自教育的差异，却因此能相互弥补融合，迸发出更好的灵感。

我从杂物堆里，挑选了几条纵横交错的木条，把它们装订在一起，变成一个框架；又找来一块白布，铺展装订在做好的框架上，最后在上面刷上一层漆，晾干后，画纸就形成了，接下来可以正式构思了。

那是一派天地相接的景象，取自课上免费杂志的摄影作品。天的蓝，衬上交错的稻田，偶尔流动的溪水，汩汩穿行……我打上底稿，调好颜色，开始构思画作，在力求不失真的情况下，融入创意。

十天后，截稿期限到。我们纷纷把晾干的画作从框架上取下。让人意外的是，那位日本教授并没有进行任何评分。只要按期限交稿的，便打上一个对勾，以示按时完成。这位造诣颇深的油画教授告诉我们：“我无法给艺术作品评分，它不会有更好，只会有最好。”我们彼此之间因艺术上的链接，而弥补文化上的差异；也因分享创作上的体会，彼此成为了不需要过多语言交流，就非常要好的知音。

谁也没有想到，一堂油画课，正在唤醒一批想要追求艺术的孩子的心灵。他们在创作的过程中，思考着自己想要表达的主题，在各种杂志、报纸、摄影作品中寻找灵感。艺术的魅力，就这样轻而易举又潜移默化般地叩开了各自的心扉……

“我很欣赏这副天地相接，尤其土地的颜色，大胆地使用金色作为点缀，这是一个奇迹……”事实上，教授评点的正是我的作品——《天地》。对于“这是一个奇迹”的评价，我有些愧不敢当。因为那的确没有什么过人之处，尤其对于我这种第一次接触油画的人来说，至多是一次灵感的出彩。

十八岁那年的经历，封存至今。时光流转的岁月里，我不再年轻，在披荆斩棘，无法拒绝成熟的路上，我们偶遇挫折，面临挑战，深受“身不由己”的烦扰，常有“言不由衷”的困惑。每当这时，我让自己沉寂下来，静静地欣赏这幅《天地》，它被我挂在了书房，像是在祭奠当时的青涩，也是在寻找当年那个意气风发，创意无限的自己。

当年这幅《天地》要被当作入围参选的作品，留在温哥华，我谢绝了好意，执意带回家乡。很多人无法理解我的决定，就连我也无法理解当时的自己。《天地》与我，就像少女难以忘却的初夜那般，滞留在心底。它像是一种肯定，肯定了当时全情投入的自己，肯定了我迷恋上艺术的贪婪，肯定了多年后我也认为它是一个奇迹的说法。

我在这里，度过了漫长的雨季。这对于标准的北方人来讲，有一点点折磨，我还是每天会路过那座小桥，鸭妈妈已经开始锻炼孩子们的水性。我偶尔会停住脚步，看看是谁落在后面偷懒。

此时，天、地、自然浑然一体……

精神贵族

Noble 即“贵族”之意。在中国字典里，曾长期对“贵族”的解释有偏差，比如：赋予了一些贬义的层面，类似对物质的追求，等等。在英文解释中，它抛却了物质层面，直指追求个人的内在。比如，我们常说这个人具有“贵族精神”，它既包含了出身的高贵，也囊括了精神的洁净、情操高尚、理想崇高、有担当的勇气和坚韧的生命力；在人格方面也具有“良知和尊严”等特性。用当年法国政治学家托克·维尔的话来说：“贵族精神的实质是荣誉。”

说到贵族，我们总会联想到英国的绅士，笔挺的西装，锃亮的牛津皮鞋，颇为讲究又没有皱褶的衬衫，还有领口那条质地精良的领带……殊不知，储安平在《英国采风录》中记述了他对英国贵族和贵族社会的观察：“凡是一个真正的贵族绅士，他们都看不起金钱……英国人认为一个真正的贵族绅士是一个真正高贵的人，正直、不偏私、不畏难，甚至能为了他人而牺牲自己，他不仅仅是一个有荣誉的，而且是一个有良知的人。”

我在传统教育浸泡中长大，深受儒家思想影响。该如何做人，如何规范礼仪，如何待人接物，对长辈要尊敬，对晚辈要疼爱，对领导要谦恭，对下属要抬爱……总之，我们做人的准则和行为的规范，好像被一早规定的死死的，如果出了圈，摇身一变成了“异类”，那大概就会受到“鄙视”、“取笑”、“排挤”，严重者，甚至会到众叛亲离的地步。

于是，很多人都惧怕自己“异样”。

当个人的想法不同于大众时，我们习惯了伪装。在强调群体意识的中国，人更容易害怕孤单，形单影只的人，不仅仅精神寂寞，好像明摆着向他人证明自己有毛病一样。即便脑海里迸出诸多“异类”的想法，终也只是想想，并不会付诸行动，就算勉为其难，牺牲小我，也要保全社会角色中的“大我”，说起来不免有些悲壮。

Amy小姐，来自北方二线城市，童年在故乡的生活，曾发生过这样一件趣闻：五个不到八岁的孩子，为父母晚上睡觉，到底是盖一床被子，还是两床被子的问题，争论到热火朝天。其中三个孩子说：“我爸爸妈妈盖两床被子。”另一个孩子说：“我爸爸妈妈盖一床被子。”说盖两床被子的三个同学齐声取笑她，并武断地认为这是耍流氓行为，不时地说着“害臊、耍流氓”这类有关成年人道德的字眼去耻笑对方及对方父母。剩下Amy小姐没有作答，她仔细地回忆着父母的那张双人床，又看着那三对一的炮轰，内心开始不安起来。即便父母也盖一床被子，在这种时候讲出来，不免撞上枪口，被人取笑。思虑了半晌，她松了口气，脱口而出那句“两床被子”。就这样，代表“真理”的方阵又多了一位“精神贵族”。

我听得入神，道德的意识迅速在脑中发散。这是一个勉强说成是童言无忌的笑话，我却很难用贻笑大方来处理。索性，我对Amy小姐说“Oh，No，我终于懂了，幸福在少数人手中。”

精神贵族，莫非只能屈从某一信仰或文化？答案是否定的。一个精神贵族，他未必皈依某种信仰，却能带着自身的地域文化的根基，并把自己当作信仰。这和自信过了火的自大，并不是一个概念，自大于自己的魅力，自大于自己的能力，甚至自大于某种并不高尚的作为……关键在于，您的想法是否“高尚有爱”，可不是“自信”这么简单。

C先生恋爱经验不多，工作稳定，爱好做饭，并无事业心，恋爱运不佳。不知是好是坏，他还没到清心寡欲的地步，对女人的渴求，已然在平淡岁月中，变得更加强烈，强烈到“不挑食”的地步。他曾被大学女友抛弃，受过感情的重创。每当朋友操心他个人大事时，他非常自信自大地说：“你看，我就不着急找女朋友，我看你们兜兜转转，还不都是分手结尾，就算结婚，没两年就得离。”此话一出，噎死几口子人。言外之意，他不想找女朋友，他清心寡欲，他不用立地成佛也已经参透了爱情的真相。尽管他云里雾里了半天，也难排除“吃不到葡萄说葡萄酸”的嫌疑。朋友也不愿戳破他这仅有的自信背后的自卑，便不再多说，当然也不可能再介绍女友给他。

一年后，C先生偶遇初恋情人，初恋情人就这么凑巧婚变，开始走上一夜情的女人，是可怕又可悲的，用精神贵族的准则来衡量——自由但不高尚。最终，他们还是纠缠到了一张床上，开始似爱非爱的征途。朋友问他："你爱她吗？爱她什么？"C先生回答："她其实挺贱的，但我就喜欢她贱。"C先生的答案可谓滴水不漏又直抒胸臆。人至贱则无敌，他爱她贱，自己岂不是贱上加贱。有意思的是，这就是C先生的行为标准，并且他执意认为自己的理论属于大多数，即"真理"——跟谁都不会有结果，干脆"爱特么谁谁吧"。床单滚过了，汗流过了，就是没盖过一床被子。

他的确是个把自己当成信仰过活的人，只不过行为并不高尚，至少他亵渎了爱情的真谛。这是个人精神主义，暂且不予评论，两人事，他人无权干涉倒也是真理。只不过，一个根本不会爱的个人精神主义者，大概永远抵达不了"贵族"的行列——它触犯了精神贵族是"荣誉"的实质——一个"非富即贵"人，是可以抵挡住现实的诱惑与艰难，用修为与爱，温柔善待世界。

简言之，不过是一床被子，还是两床被子的区别……

做鬼也开心

“万圣节”，刚刚在京城谢幕。我半夜开车路过酒吧街，看着一群装扮成“小野猫”“小女巫”“小妖孽”的各色人等，齐刷刷地去酒吧街参加狂欢盛宴。夜晚，突然对“生”“死”生发出了一些感慨。

西方的“万圣节”是祭奠鬼魅的节日。它由来已久，流传最广的传说是：两千多年前，欧洲天主教会把11月1日定为“天下圣徒之日”(ALL HALLOWS DAY)。“HALLOW”即圣徒之意。

公元前五百年，居住在爱尔兰、苏格兰等地的凯尔特人把这节日往前移了一天，即10月31日。他们认为该日是夏天正式结束的日子，也是新年的伊始。他们相信，故人的亡魂会在这一天回到故居，在活人身上找寻生灵，借此再生。这也是人在死后能获得再生的唯一希望（类似中国传统风俗文化里，附体或投胎）。于是人们就在这一天熄掉炉火、烛光，让死魂无法找寻活人，又将自己打扮成妖魔鬼怪把魂灵吓走。过了这一天，人们会重新点燃烛光，开始展望新的一年。

万圣节发展到现在，由原始习俗（当时的凯尔特人部落会用杀死活人来祭祀）蜕变到精神文明的层面，人们不再需要用活人来祭奠鬼魅。万圣节更像是一场盛大的狂欢。到了这一天，不管大人还是小孩都会戴上面具，互相在欢乐中祭奠亡灵。和过去相比，如今的万圣节多了许多玩味的元素。

我第一次参加万圣节活动，是在加拿大，大学一年级。

10月中旬，宿舍楼里就开始筹备庆祝万圣节的活动——布置房门。谁装点的有特色，有创意，将会在万圣节当天赢得特别的礼物。我在宿舍里思来想去，决定做一个“木乃伊”。从初步构思——选取材料——完工，花费了一整个下午的时间。搞笑之处在于用料，我曾大言不惭地称它为“环保节能型木乃伊”——头取自黑色垃圾袋团成的球，卫生纸将其头部缠绕包裹，用佩戴在胸前的纪念亡灵的小图章点缀成眼睛。

两天后，我又加装了两条缠着卫生纸的胳膊上去，从门里延伸到门外，猛一看深感毛骨悚然。那些天，我们常常通过房门的“猫眼”偷窥着走过路过被突然惊吓到的同学，着实欢乐了好几天。

“手绘门”的评选活动将于万圣节当天举行。那天，一整栋宿舍楼里都充斥着“血腥恐怖”的“欢乐气氛”。这些千奇八怪、妖孽纵生的“手绘门”上有半个挂满鲜血的头颅、有支离破碎的尸体，还有丢失眼珠的卡通人物……总之，只有你想不到，没有做不到的创意。“环保节能型木乃伊”因取材简单、创意无限、主题鲜明等优势获得了当晚的“特别奖励”

中国是一个责任感很强的民族，而西方人的使命是追求快乐。好比：中国人注重群体意识，生死大都带着某种目的。自古有“留取丹心照汗青”的说法，这种是以忠孝为最终目的而去实现生存的意义。西方人则更看重“个体”，他们从家庭中脱离出去，变成一个有独立思想、自我支配的个人，而非整体。他们认为生、死即一体，相对于中国人认为生命是一种义务，西方人更愿意相信生命是一种权利，抛却了宗教信仰，用狂欢的方式祭奠死亡的魂灵，再用乐观的态度对待生死。这也许是中西方对待“生”“死”最大的不同。

不管你如何看待生死，是沉重的，还是乐观的。始终不能脱离人之将死的宿命。人生，本就是一个人，搭上一趟开往坟墓的列车。不管你曾如此光鲜亮丽，或落魄不堪，都无法豁免那张单程的车票。有人说：“只有温柔才能对抗这世界上所有的坚硬。”当生命快到尽头时，你才明白，这一生一世，你可以没有后代，可以无功无过，请不要丢失善意与乐观——这是我们唯一对抗坚硬世界里的铠甲，也是尊重生命的慈悲。

今夜，京城酒吧街的“小女巫”“小野猫”“小妖孽”一个个扭着屁股，性感妖娆，开开心心地去酒吧街狂欢，看着这些“开心鬼”从我身边掠过，我突然想起了大学一年级的往事。

看着大街上的鬼魅开怀地游走，遥想着自己百年后，无非也是如此——在生的彼岸，继续一路狂欢……

鬼混嘛……

第三类关系

当我听说你的城市发生地震，我第一时间拨通了你的电话，不过我想，我真傻，傻得冒泡。这场地震，已经在短短数小时之内，累积死亡和失踪人数过万，电缆坍塌，怎么可能还有信号。

我还是那样拨打着电话，直到它没电，直到就这样坐到午夜。我收到一封E-mail，上面只有一行简短的文字：“我很安全。”

以上的故事，发生在他们分手后的第四年，四年里唯一一次交流，没有听到彼此的声音。他们不是朋友，也不再是爱侣，他们是心照不宣的第三类关系……

莎士比亚在《罗密欧与朱丽叶》中写道：“适当的悲哀可以表示感情的深切，过度的伤心却可以证明智慧的欠缺。当缘分降临时，一切刻意的迎合，都是多余。”

缘分，就是当你以为将旧事遗忘，却免不了地在不期然的时刻，勾起你铺天盖地的回忆。曾经有人问我，作为一个无神论者，如何理解信仰的含义。我颇有些玩世不恭地回应他：“打个比方，如果你不相信一见钟情，或者说你还未经历过，那么你可能还不懂什么是‘命运’……”

自古至今，有太多太多传颂爱情美好或伟大的作品，除了歌剧，还有童话。在安徒生笔下，公主终于遇见了将她吻醒的王子……小时候每每看到这里，不免都会发出孩童般的美好想象——从此他们过上了其乐融融、远离世俗的生活。

但，其实，爱，是吻不醒的。

他们两人的缘分开始于十七岁，童话般的年龄，注定要与现实发生磕碰。不可避免的分开，成了没有假设的结局。

他们曾坐在蒙特利尔的圣劳伦斯湖边的啤酒屋内，望着窗外大雪纷飞；他曾牵着她的手来到圣约瑟夫大教堂，戏谑地告诉她“这里就是巴黎圣母院”，并且佝偻着背假装成丑陋的卡西莫多，急于找一口破钟来敲，博她一笑；他们曾在一场雨中等车，到了终点，一同发现了天际边升起的彩虹，然后再各走各路。

一场不需要刻意迎合的缘分，自然地发生，没有多余的结尾。

有人说真正爱过的人，无法心平气和地做朋友。想来也是，那份伤痛还留在心底，一切用开启友谊来结束爱情的理由，都成了狗尾续貂的借口。我们曾那样炽热地爱过，就像极昼里，永不落的日光，又怎么能在极夜来临时，参透“白天不懂夜的黑”？

有人说无法在分手后做朋友的恋人，也无法成为敌人。想来也是，那份美好还留在心底，一切用机关算尽开始的报复，都变成了还未释怀的借口。我们曾那样深深地伤害过，正如极夜里见不得光的绝望，再也无法追回那些个阳光明媚的昨日。

于是，当恨稀释在爱里，当爱变成往事。

再见，就变成了第三类关系。

心照不宣这种事，会发生在朋友中、家人里，却都不如发生在逝去的恋人间，“情”“义”绵绵。那里有朋友给你的温情，有家人给你的呵护，还有他们给不了的全然的懂你……

徐志摩曾写过一首名叫《偶然》的诗：“我是天空里的一片云，偶尔投影在你的波心——你不必讶异，更无须欢喜——在转瞬间消灭了踪影。你我相逢在黑夜的海上，你有你的，我有我的，方向；你记得也好，最好你忘掉，在这交会时互放的光亮！”

收到E-mail的他，回复了一句“保重”。

他没有告诉她，手机已经被自己打没电了，也没有告诉她自己一直坐到午夜，不愿睡去，甚至没有告诉她，当收到这一行简短的文字，自己湿了眼眶。他也写了一首诗送给她——纪念这段第三类关系的开始：

《分道扬镳》

你来了，又走了，踪影未知

我转身，又回望，无处找寻

迎面而来的列车，汽笛的烟雾，逆风在飘
湖面远行的船，灯塔的光晕，沿着海岸线
你对着艳阳说早，我对着星辰say bye
分道扬镳的那年，时钟的指针停成平行线
仰面朝天不让泪流下，逆风而飘的烟结成霜
手中的烟丝烧成一道殇，熄灭在离灯塔最近的地方
你来了，又走了，踪影未知
我转身，又回望，无处找寻
分道扬镳的那一年，一见误终身

I Do

温哥华（Vancouver），位于加拿大西海岸，毗邻着让人遐想的美国西雅图，成为加拿大第三大中心城市。

这里也有着“北方好莱坞”的美誉。好像发生在这里的爱情故事，都会被晕染得特别文艺……甜美而缠绵的言语和神情，醉心的初遇与邂逅，不免让人心生遐想，难以遗忘。

高三下半学期，我有幸在这里念书，那是一个浪漫到让人窒息的地方——雪山、丛林、港口，包括雨天。温哥华的雨季很漫长，正因为如此，这里好似总是与“浪漫”有着不须言说的某种情愫——像浓情，化不开……随着时光的流转，脑海中的记忆越会接近梦境。

阿田总是不打招呼就神出鬼没回国，深更半夜发各种短讯，告诉我们她的想念，我们曾匪夷所思她骚扰的真实目的，是不是倒时差的原因，但都没有直接说出口，毕竟此人思维极为奇怪，口是心非兼嘴硬，只好睁一只眼闭一只眼地由她去。

不过，之后我们一听说此人回国，就都条件反射般地等着当晚的午夜凶“铃”响起。

她对我们的无可奈何，十分不屑，并且执意说自己这是——午夜惊喜！

一个闷热的仲夏夜，电视里放着谈话类节目，院子里的中老年戏称这节目叫“管闲事儿”，如今打招呼从“您吃了么？”演变成“管闲事儿的您看了么？又是结婚闹的那些事……”我在一片专属夏天的嘈杂声中收到了来自阿田给我的“甜蜜的惊喜”。这次是真的让我觉得惊喜——“文，归来！下周婚礼！”

咖啡馆里，见面叙旧，免不了在深切的拥抱下，寒暄些不能免俗的客套。也许我们各自都在时光与距离的影响下有了一层浅浅的隔膜，太多的话要说又不知从何说起，不过这并没妨碍我们继续回忆、继续扯淡、继续称呼小时候那些听起来寒酸的外号。

一张桌，对坐两个人，那样的笑，再一次被勾起。如果当时我只是个局外人，这样的场景，反而会落泪，太久没有这样的纯粹。时间可以用来遗忘，也可以用来回忆，这是它的妙用，也是它的无奈。

思念，让对话开始变得絮絮叨叨，片段式的对话，还时不时地需要提醒对方在哪一年发生过什么事，遇见过什么人；情义，又让思念变得深刻，不需要摆上明面讲，全融化在眼神和行动里。

话题，终于从扯闲篇儿转向婚礼。阿田与他的故事开始在有着迷人景色的温哥华，度过了几年看似浑浑噩噩，细节却令人着迷的生活之后，她决定接受这突如其来的惊喜，允诺这桩婚约。

“当年，就你最酸，整天写些酸文酸诗，还非让人拜读不可，不过话又说回来，我也是贱人一枚，偏偏最捧你的臭脚。”阿田亦正亦邪的脸朝向我，让我啼笑皆非。

“这就对了，你懂的欣赏，是可塑之材。”我眯着眼睛，得意忘形地蹬鼻子上脸。

“文，我也想给他一个惊喜，婚礼上。”

我看着她，听她讲下去，却什么都没再多说。

这个故事发生在温哥华，在这里上演的爱情都好像沾染上“北方好莱坞”的灵气，而变得文艺深情起来。这个故事与大部分情侣的情节，并无二致，就像那里的气候，时晴时雨：从单纯的思慕，到无法移开的深情凝视，不同的是，他们时刻需要面临分离，考验着彼此的信任与忠贞……

我说过“情义”，会让思念变得深刻，全融化在眼神和行动里。这一次，我帮她完成了她最钟情的“惊喜”——它真的变成了一幕电影。

借此，我分享一段旁白：

她：你问我喜欢你什么？我喜欢你每次出门前要多带一件衣服给我；我喜欢你在我不开心时做火锅哄我开心；我喜欢吃PIZZA时你总

让我先吃尖上的第一口；我喜欢你嘴上说我把厨房弄得像战场，自己又一点点打扫干净……

他：你也曾问我喜欢你什么？我喜欢每次给你披上衣服时看你开心地笑；我喜欢上吃你爱吃的火锅；我喜欢看你开心地吃着PIZZA的第一口；我喜欢你是我的糊涂女友，总把厨房弄得像战场，然后装得像个做错事的孩子……

我做了多年的策划工作、自由撰稿人，还是第一次挑战剧本，所以我的基本功都花在了旁白上。那几天我们都特别兴奋，好像在做一件感天动地的事。我突然摇身一变做了编剧和导演，她也过了把当明星的瘾。

这是一段让人会有感触的旁白，一段爱情，不免会为浪漫冲昏头脑。但你却很难抗拒这种“默契”所带来的精神境界，也许这才是婚姻的真谛——默契，它惊艳不了岁月，却禁得起流年。

电影的结尾，颇为深情，他们对望着彼此，说出了那句“I Do”……镜头便转向会场，他们牵着手来到我们面前。

一场风花雪月谢幕之后，婚姻的意义才显得特别重要。那是激情褪去的冷暖自知。我希望他们是幸福的，一直幸福下去。不管将来的哪天，他们是否决定反悔，各自重获自由，都不妨碍他们现在去纪念曾经这一幕幕被我们调侃成肉麻的过往。如果，真有那一天，看似矫情的回忆里，也多了一丝温存和不舍吧。

“管闲事儿”节目又开始了。

大爷大妈的话题，还是那么换汤不换药，好像忘记昨天已经说过一遍的津津乐道。

“现在的年轻人真是不靠谱。”

“不会过日子。”

“学人家老外闪婚闪离啊，像什么话。”

……

大爷大妈口中不靠谱的年轻人，也包括了我。我对婚姻的现实程度没有进行过细致调查，但用脚趾头也能想得出，大爷大妈看待婚姻现实的程度总比我们要高，甚至超出我们的想象，而我们总以为：平淡是婚姻最终的归宿，在无法回避现实的婚姻里，总该再保留一抹浪漫情怀，哪怕只是昙花一现……

Part 2：一场风花雪月

人，是矛盾的动物

心狠的人，慈眉善目

心软的人，偏要佯装坚强

非命

——《朝内81号》番外篇

黄泉一路，原本不是自己想的那样凄惶可怖。

树影重重，山色黯淡，适应了这里无尽无极的永恒黑夜，竟也能从其中赏出几分味道来。影影绰绰，浅浅深深，比起人世间的灼灼光华，这里倒显得静谧些许。

“嘿，小娘子，让一让。”一个缺了半个身子的壮汉从女人身后赶了上来。

“大哥，我想问……”女人紧撵了几步，“这是要去哪里？”

“去哪里？”壮汉用仅剩的一只眼睛瞄着她，女人身材凹凸有致，量身定制的旗袍裹着玲珑的身子，纵然是鬼，也是个美艳动人的女鬼。

壮汉伸手指向前方：“喏，看到没，孟婆亭，咱们就是要去那，讨一碗汤水喝了，歇歇脚后，好继续赶路。”

“哎……”女人还想问什么，壮汉已经走远了。

做人时已赶过无数的路，难道当了鬼，也要这般辛劳不可吗？女人一时茫然，停坐在一棵树下，看前前后后，老人孩子，汉子妇人，形形色色的鬼魂，皆是脚步匆匆，向着那孟婆亭赶去。

“你怎么还不过去？”一个声音在女人头顶响起。

抬头，是个身穿麻布衣服，挽着袖口，看起来矍铄能干的老婆婆。

“我……”女人也不知自己在迟疑什么。

“世人终难逃轮回之苦，把这忘却恩怨情仇的孟婆汤喝下，便去投胎转世，许下一世能投个好人家吧。”老婆婆将一碗黑色的汤放到了女人脚边。

汤水微热，女人抿了一口，嘴里弥散出阵阵黄连的苦味。这孟婆汤竟然是如此苦涩的，女人不禁咂舌。不过想想，这一碗汤水的苦，哪及得上自己这一生所受苦的万分之一。如若真能用这一碗苦汤药，将自己这辈子的苦都洗去，也值得一喝。

可女人几次将汤水端到嘴边，都无法下咽。她实在不甘心，就这样了却今生的故事，带着满身的怨怼去投胎。

“我不喝。”女人把孟婆汤倒回了孟婆熬煮汤水的锅里。

“不喝下，哪能去投胎？阴阳两地都不收的。”孟婆接话。

“与其继续做人受苦，倒不如当鬼来的自在。”女人咬紧银牙，赌气般地说。

“哼！”孟婆诅咒似的表情，却没有再劝阻，“无知妇人，到时切莫后悔。”

离开孟婆亭，女人在阴司之地飘来荡去，开始的新鲜感渐渐消弭，原来做鬼也是无聊。女人再次飘到了孟婆亭外，却见到一个背着长剑的白须老人坐在亭子里，和孟婆聊天。

“给你的这一碗与旁人不同，保你喝过之后，连自己姓什么都忘记了。”孟婆将一大碗汤水端到那老人面前。

老人细品一口，赞道：“你的手艺真是越来越精进了。”

“哎，”孟婆叹息，“难得有个人欣赏我的烹煮水平，这千万年来我这里喝汤的游魂冤鬼，从没人细品过这汤里的滋味。”

这汤水不过就是一股苦味罢了，还能有什么味道？躲在暗处的女人忍不住嘟囔，却不想已暴露了行踪。

“出来吧，小娘子。”那喝汤的老人轻声一唤，女人便不由自主地走进了孟婆亭，“单晚晴，孤女，家住西坡村南，死于大火之中。”

“你？”女人大惊。

老人抹抹嘴，不作回答，只是伸出手来：“随我去吧。”

“去哪里？”女人惶恐。

“去你该去的地方。”孟婆在一旁收拾碗碟。

“我不要去投胎，我不想再做人。”女人想要后退逃走，却是动弹不得。老人手指一点，她便飞身向投胎的井中。往下坠落的过程中，她隐约听到孟婆惊呼：“你这冒失的老头，她还没喝我的孟婆汤呢，哎……这下坏了……”

坏？！再坏也不过就是将这一世凄苦的记忆背负到来生。也罢，这大概就是自己的命，天生的贱坯，还想要过得如意吗？

只是那投胎之路却似乎比自己想象的要漫长许多，无止尽的黑暗之路，也不知要多久才能到头。

熬到尽头，又能否修得正果，女人思着，想着，不知在这轮回之路上挨过了多少时日，才见得眼前涌出一丝光亮。她知道再一次坠入苦海的日子来了。

时也，命也，既然挣脱不得，便只能闭目承受。

夜，渐浓。

窗外，人影重重，喧闹嘈杂。

窗内，一名女子倚在床沿上，盯着忽明忽暗的烛火愣神。

“九姨太，客人们都到齐了，司令催您快些呢。”一名婢女轻声轻语地在门外催促。

“知道了，你先下去吧。”女子直起腰身，走到窗前。

庭院里正大摆筵席，宾朋满座。正堂屋高悬一个大大的“寿”字。端坐在院中，与人觥筹交错，放声大笑的正是司令。门前车水马龙，各路人马都备着厚礼，前来捧场。

“又是个敛财的好机会，哼！”女子嗤鼻，掩上窗帘。

她转身走到镜前，解开衣扣，爱怜地抚摸着隆起的肚子：“孩子，爸爸很快就会来接我们离开这个鬼地方，你再忍耐一些。”

女子一边呢喃地和肚子里的孩子说话，一面用白布勒住自己的腹部，尽量让肚子看起来很平坦的样子。

腹中已经成形的胎儿，在外力的挤压下，不舒服地伸展着腿脚表示抗议。

“孩子，你忍耐一下，只要我们离开这里，就好了。”

女子一边安抚自己的骨肉，一边用力地一圈圈缠绕。她的额头渗出疼痛的汗水，最后依然咬牙坚持着将带子勒紧。

男人还想上前，将一切看清些，却倏忽地被换了场景，来到了后院暗影之处。

“准备得怎么样了？”

“一切都准备得万无一失了，保证她难逃生天。”一个细细的男声说道，带着诡秘的笑容。

“很好，现在就动手吧，不过，千万不要走漏风声。”

“我办事您放心。”

“等等，当然……不过，你得永远闭上嘴，那便更万无一失了。”

婆娑的树影下，几番人影晃动之后，夜色再次陷入一片死寂，只有幽暗的微光。

自己这一生做过的坏事不少，亏欠的人也很多，活着的时候，从未有过惶惶之感，怎么快死了，反倒是胸腔里泛起一阵一阵被撕裂的疼痛。

抬手捂住胸口，赫然发觉有个血窟窿。

“老兄，你怎么死得比我还惨啊，那孟婆汤，让你先喝吧。”一个男人同情地望着他。

是啊，我为何会这般惨状，明明记得自己是在司令府中享着荣华，品着美酒，怎么会落了这个下场？男人想记起自己因何而死，脑海中却不断浮现出自己做过的伤天害理之事，想得背后一阵阵发紧。

这投胎的人里，也有单晚晴吗？念及此处，男人四下寻觅，却是无果。转念一想，单晚晴早已死于自己策划的阴谋之中，眼下她的魂魄已不知何去何从。

前面就是孟婆亭了，身前身后的魂魄到此纷纷加快脚步，赶去饮下那一碗孟婆汤，好做今生的了结。

男人伸手过去，孟婆却将汤水递给了他后面的那一位。

“喂，是我先到的。”男人抗议。

孟婆面无表情：“许暮远。”

“你怎么知道我的名字？”男人问道。

“你还不能喝下这忘却尘世之苦的汤水。”

什么？男人低头看着自己被撕扯稀烂的胸口，若这样还能活着，那自己岂非太过命大？“但如果我还没死，那为何会来到这里？”

“鬼门关前走一遭，好让你顿悟红尘罪孽，回去吧，一觉醒来，你便知富贵如浮云，全是美梦一场。”孟婆挥一挥手，男人的身体便不受他控制地向后退去。

我还能回到人间？活着回去？

男人心中隐隐有些兴奋。

若他知道自己日后要遭受的苦楚，也不愿回去贪恋那富贵烟云了。

世人痴恋，尽被羁绊。孟婆一边盛汤，一边摇头。

前尘如梦似幻影，后世哪知悲怆的往昔，不过是埋下的因，今生品尝的，才是结下的苦果。

缘起缘灭，枉费单晚晴对许暮远一段痴缠，却不得善终。

这一世，怕是遭逢彼此，难忘旧情，千里迢迢，偿还情债？

刚下过雨的镇子，地面很是潮湿，冷风嗖嗖地傍晚，路人无暇顾及湖边风景，加紧步伐赶回家中。单语桐从出租车下来，一脚踏进公寓门前，正当掏出钥匙的当口，后面有一个人影，窜过来在她身后停顿了一下，紧接着拍了拍她左边的肩膀。

“你吓死我了你！”

“你侦探小说写多了，职业病了吧？”人影笑呵呵地说道。

他们二人并肩走进电梯，说说笑笑中便上了七层。

单语桐租住的小区地处这座城市的商业区，很是方便，就是房租贵了些，好在面积不大，一室一厅，也够她一人享受。三十岁的年龄，杂志社主编，做过几次伴娘。谈过几次恋爱，平平淡淡或者勉强将就的状态，似乎都不是她想要的，最终落得个分手收场也在情理之中。

“你最近怎么样啊？我今天突发奇想，就过来吓吓你……”若林摆弄着单语桐桌上的一支钢笔说道。

若林是她发小，她们曾在一所幼儿园里流着口水抢过一碗粥，又在同一间小学一起罚过站，出现在同一场大雨中相拥着流过泪……她们的情谊，不同于一般朋友关系，像家人一般。若林去年结婚，单语桐义不容辞地当了伴娘，婚礼上她哭得比新娘声势还浩大，搞得新郎一脸不好意思地反过来安慰她：“放心吧，我一定会替你照顾好她！”

“我给你介绍那个男的，进展怎么样？”若林一屁股窝在沙发里，啃上一个苹果。

“我早就跟你说了，别操心我了。谈不上进展，就仓促见过一次，见面礼就是你刚刚拿的那支钢笔，挺奇怪一人，永远不温不火，也不知道想什么呢。不过话又说回来了，可能是我的问题，我一直提不起兴致谈恋爱，要不哪天我找个机会跟他说清楚吧，别耽误了他。”

“哎，我说你这个人就是死脑筋，一早告诉我找什么SOUL-MATE，哪有那么多深入灵魂的伴侣啊，婚姻还不是一帮一、一片红的互助组，实际一点儿吧。这个男人不错，老徐老板的球友，人长得斯斯文文，人家也是作家，只不过不写你们杂志软文而已。据我朋友说他挺招女孩喜欢的。至于为什么要相亲，还不是觉得朋友介绍的更‘靠谱’嘛。”

旧时南方某地流传着这样一个习俗，男人赠送心仪的女人一支钢笔，便是允诺婚约。时光流转的岁月里，怕是没有几人还能信守这样的习俗。三十五岁的许柏舟，不再风华正茂，他在江南水乡的古镇长大，性格中不免多了一些北方男人所没有的细腻与多情，若林说得没错，他的性格很传统，有极好的洞察力，又非常敏感多情，曾经有过几段恋情，用他的话形容出来皆极致唯美，不过这些并不妨碍他性格中固有的“传统”。大学毕业后，他怀揣着“好男儿志在四方”的想法，一路向北，来到气候干燥的北方打拼事业，人到中年，不再为糊口烦恼后，开始整理思绪，摇身一变做起了专职作家。

相亲的事，还得从半年前说起……

若林和老徐婚礼结束那晚，老徐喝了不少酒，若林回到家中，就忙前忙后，俨然和白天优雅的新娘判若两人。她边收拾老徐甩在沙发上的衣服，边想起单语桐在婚礼那一幕“痛哭戏”就感到心酸，两人光着屁股长大，想到她还形单影只，心里不免五味杂陈起来。

“哎，老徐，你上回说你有个哥们还单身，那人怎么样啊？”若林推推在旁边死睡的老徐。

“嗯……睡……睡吧。”老徐嘴里像含着个茄子一样吞吐出几个字，翻了个身。

“哎，你别睡了，你帮语桐介绍个男朋友啊。”

“哎哟，现在几点了，累一天了，明天再说吧。”

黑暗中，若林睡意全无，她的心事便是语桐，她最好的姐妹。大一那年，她们曾在一场雨中抱头痛哭。第二天一早，若林等在医院的门口，语桐出来的时候，人很憔悴。“男人没一个好东西。”若林心里狠狠地骂着那个让语桐受这份罪的男人。

世间最难得的感情，不过如此，你若懂我，不必我开口；你若要走，不必我挽留。

白鸣走进办公室，面对摊在桌面上的文件皱了皱眉，随即拨通老徐的分机：“老徐，我回来了，来我办公室聊聊。”

见老徐风风火火地进来，白鸣从抽屉里拿出一个红包，递给老徐：“新郎官，不好意思，人未到，礼必到。”

“下班单请你！”老徐接过红包，随口邀约。

大学毕业七年，在这不长不短的时间里，白鸣从给一家进出口公司做供应商开始，一路所向披靡，走到今天，开创了自有品牌的服装公司，实属不易。话说，他也来自南方小城镇，家境贫寒，无父无母，他在镇上是吃百家饭长大的。

白鸣这个人，理智现实得可怕，这也怪不得他，他目睹过同龄孩子所没见过的一切。在大街上，看见过一个女人，向对面呼啸过来的车扔出去一个包裹，包裹里传出婴儿的惨叫，那划破长空的嘶鸣掺杂着运货卡车尖锐的刹车响，女人头也不回地走掉，背后一摊血渍……

这些都停留在他幼年的记忆中。为了餬口，他常常能在工地的盒饭里咬出烟头和钢钉，作为最小的工友，他忍受着年长工友的羞辱……别说是人，就算是块破铜烂铁，在这种熔炉里，也能炼出一块好钢。只不过，刚硬到有点寡情了。

“是不是让我批你蜜月假期？”白鸣点上一支烟说道。

“这可是大事，哈哈，咱俩这关系，多给几天，老婆正想找个山清水秀的地方造孩子呢。”老徐一脸憨厚。

“行啊你，这就准备老婆孩子热炕头了。公司的业务也得盯着点，尤其是手底下那帮人，千万别有跑单的，你也知道，除了你，我没信得过的人。”这话说得颇符合白鸣的性格。

“你是不是之前有个球友，单身，我听你说他之前想找女朋友，找着没有？”老徐突然想起若林交代的事情。

“哦，球友。他以前是我客户。这周末正好约了他打球，这谁家姑娘要找对象啊？你不知道我当钻石王老五好些年了吗，这好事也不想着我。”

“姑娘不错，若林发小，文艺女青年，真心不适合你这种老流氓……”老徐喝得满脸通红。

“嘿，你会聊天吗？你别看我单身，我也不缺女人，重点是，我缺那种女人……”白鸣若有所思状，半晌把半瓶啤酒干了一个底儿掉。

“缺哪种？”老徐一脸不怀好意。

“你不懂，别瞎问。”

为了增加四目相对的时间，他们来到事先约好的意大利餐厅。这里颇有情调，餐厅坐落在这座城市里唯一的江边湖畔，江对岸是英国旧式老建筑，这家餐厅有着全落地的玻璃窗，全视角的望江露台，木结构的有点歪斜的房顶。他们约在下午时分，落日透过玻璃折射进餐厅，照在平整的桌面上，映衬着单语桐的脸庞，格外娇嫩。

第一道菜并不是菜，而是酱汁，银色的杯碗汤匙间，调和着各种颜色深深浅浅的液体。单语桐并未开口讲话，她今天穿着一件和这家餐厅很搭调的裙装，墨绿色的呢子外套，复古中有些许风情，两年前她剪去留了十年的披肩长发，她曾像电影《天使爱美丽》中那个喜欢用心理暗示做决定的女主角一样，剪去青丝，在心底暗示着心上人的到来。岁月并未舍得在她脸庞随意涂抹，短发的她，似乎仍旧能寻到当年的青涩，大概是性情女子都有的彷徨，在准备着即将到来的爱情。

许柏舟坐在她对面，今天他特地为自己挑选了一件深蓝色西装，浅灰色西裤，追求细节与精致的他，不忘在西装上衣口袋放上一条质地尚好的白色方巾。他为她点了这里一道出名的“芝麻菜生火腿巴马臣芝士片樱桃番茄披萨”，光听到这个名字也会让人心生垂涎。自己则要了一份“意大利宽扁面烩新鲜番茄酱配意式五花肉”。可口的菜品刺激着彼此的味蕾，情调在两人的浅笑中游走，刺激着彼此的感官。这便是成熟男女相亲的节奏，在不紧不慢中升腾出爱欲……

“听说你是主编，对文字有特别的感情吧？”许柏舟开始闲谈起工作。

“你自己是作家，喜欢哪类文字？”单语桐低头浅笑，反问着。

感情的开端，都是从彼此的试探开始，一言一语之间，频频接受着对方想要传达的意思，同时也发出想要给对方的感觉，尤其在他们两人之间，可以说算是同行，又可以不是。作家，多少有些散漫成性；杂志主编，因为期刊的缘故，非常看重时效。这好像两人的性格使然，经过几段恋情后的单语桐很理智，如果不是决定要走入婚姻，怕是她大概已经不再会恋爱。相比较，许柏舟更浪漫情怀很多，他对婚姻的向往，就好像他将要赠送的见面礼一样……

“初次见面，也不知送什么妥帖，时下做文字工作的已不如从前，我想我有点怀旧，还是习惯用笔去书写文字，尤其是钢笔。”话说到此，许柏舟拿出他的见面礼，那是一支纯黑色的钢笔，笔头是赤金做成，颇符合今天的主题——“怀旧”。

“看不出你这个人很怀旧，你倒是提醒我该练练字了。”谈笑间的单语桐收下这支钢笔。

“我很喜欢伍迪·艾伦的小说，机智中的讽刺，让人哑然失笑，尤其是旁白与对白的呼应。”许柏舟见她满意地收下见面礼之后，开始谈论起自己对文字的喜好。

“伍迪·艾伦，我也非常喜欢，尤其是他以一个男性作家的身份，对男人的自嘲，我觉得很有趣，你喜欢哪一篇？”许柏舟的话题已经勾起她无限的兴趣。

“真是英雄所见略同，那篇《报应》就很有趣，那个男人本以为会爱上自己女朋友的妹妹，却没想到带着满心期待爱上了她的母亲，并且还会在脑海里不停地构思他想要追逐的细节。”许柏舟放下汤匙，饶有兴趣地说着。

“最好笑的一幕便是结局，他女朋友因为他和自己母亲关系的熟稔，丧失性欲，最后以分手告终，于是促成他和她母亲的好戏，前女友听到他们结婚的消息之后，便突然恢复了对他的性致……”单语桐的话多了起来。

“这真算是‘报应’大概上辈子的亏欠吧。哈哈哈——”他们几乎异口同声说出这句话。

西方人相信命理，就好像中国人相信风水和宿命一般，有因便有果……

向来缘浅，奈何情深，

若前世当真留你不住，那此生为何又遇上，

和你的相爱如梦一场，

你急急出梦，洒然上路，万事皆休，

而我，思忆追随，众里寻找，

逝水滔滔，流年纷扰，

前尘姻缘，恍如凄凉一梦，

今生等候，仍难免离别之情，

聚散有因，本不该毋自强留，

我却身之已死，仍苟活残留世间，

这场爱的梦境，我已走不出。

那天的谈话，正如那天的气氛一样舒朗，两个人不知不觉中谈到了很多话题，特别是文学，他们所熟悉又热爱的兴趣。

“你还记得那篇小说吗？那个男人被魔术师装进箱子，然后去寻找他的梦中情人，和包法利夫人的一段奇幻爱情……”单语桐打开了话匣子。

“《库格尔马斯的神奇经历》，哈哈，那篇小说很有趣，一下子把我带回到童年看凡尔赛的科幻小说的感觉。这就是你说的以一个男性作家的身份，直接讽刺男人的本质嘛，原本以为包法利夫人可以按期回到故事中，却没想到箱子坏掉，想到高昂的离婚费，想死的心都有了，并且情急之下发誓再也不搞外遇，结果没多久又故技重施，让男人的本质一展无余，猫不偷腥妄作猫，哈哈哈……”

“我看你倒也很有调侃男人的勇气。”

“我自嘲也很一流的，再比如那篇小说……”许柏舟兴致盎然，他在那一瞬间，发现对面坐着这个穿着复古风呢子外套的女人，如此让他心驰向往。

刚刚有些阴沉的天气，终于拨云见日地放了晴，吃过甜品的两个人，走去露台望江。餐厅所处的环境非常幽静，他们第一次清晰地对望彼此，伴着江面上运货轮船的汽笛声。

“你相信宿命吗？”许柏舟转换话题。“我之前写过一篇文章，大致的情节是：男主角义无反顾地爱上了一个在外人眼中并不值得爱的女人，他却好像鬼使神差般地陷入疯狂。有点虐恋的意味，却赚取了不少痴男信女的眼泪。”单语桐干掉杯中剩余的酒。“哦，懂了，大概这个男人上辈子欠过这女人一段情。”许柏舟又将话题转移到他刚刚提到的宿命论。“我们都是无神论者，不过，宿命这件事真是很有玄机，如果哪天遇到这种事，我想我也会相信上辈子的因果吧。”单语桐默认了这种看法。

若林听着语桐描述着那天相亲的细节，一直窝在沙发里咯咯地笑着。

“你就知道取笑我，从小到大，一直没有正经的。”语桐也笑了。

“没有正经的，还替你想着婚姻大事，你不会还想着当年那个浑蛋吧？”世界上并不存在无心的脱口而出，若林的这句话只是无心的发问，她有点后悔说得过于直白。单语桐没有正面回答她，也许这句话隐隐刺痛了她，连带着回忆起愉快或不愉快的往事。

今天这座城市下了雪，白皑皑地落满房顶，吃过午饭后的单语桐久久地站在办公室过道，从窗口向外望去，那是一片银白色的世界，即便天空颜色有点晦涩。手边摆满了稿子等着她审校，还有她本人负责的专栏的撰文还未动笔，她决定泡杯茶，整理一下思路。

办公室外面炸开了锅，打断了她的思路。她隔着办公室的玻璃，听到一个二十岁出头的女编辑的尖笑声。单语桐拉开百叶窗隔岸观火般地看着几个人正围着一大束玫瑰花窃窃笑着。单语桐没有出去凑热闹，拉下百叶窗继续撰写未完待续的专栏，她想赶在晚上八点前写完，回家好享受单身贵族的时间。

一个人单身久了，便对孤单不以为然。想到某一天有一个人参与到她的生活中来，她并不排斥，只是爱上一个人，缺少动力。

八点，单语桐准时走出办公室。她不想乘车，所以沿着街道一直走，上了一座过街天桥，华灯初上的夜晚，看着车水马龙的街，突然内心有很多感慨，住在这座城市很久了，好像一直没来得及仔细看看它。小说里的情节，似乎都是愿景，在这样一个满是霓虹和欢笑的街角，女主角一个转身便遇见那个让她怦然心动的男人，这样的几率该是比被雷劈的几率还要小。今晚，与她擦身而过的全是成双成对的男女，他们像连体婴儿一样，走到哪儿黏到哪儿，单语桐被自己心里的比喻勾得有点想笑。

又是一年情人节……

吃过饭，单语桐从出租车下来，一脚踏进公寓大门，正当掏出钥匙的当口，后面有一个人影，窜过来在她身后停顿了一下，紧接着拍了拍她左边的肩膀。

“大小姐，又来这一套是不是？”单语桐翻着白眼，头都不抬的继续翻钥匙。

“单语桐……”人影闪动。

这一次，不是搞怪的若林，而是许柏舟，他凭借上次送她回家的路线，一路摸索到楼下，看样子已经在车里等了很久。单语桐的单身贵族时间就这样被占用。他们一路开车在这座城市兜风。外面冷风习习，车里开着热风，玻璃因温差的对流，布满斑斑水汽，她在上面调皮地画着许柏舟的画像。

“你今天不忙吗？”

“语桐，我今天特别想约你看看这座城市，住了快十年了，好像还是有些陌生，心里有时会空落落的……”许柏舟感性地说着。

今晚的感慨，看来有人和自己同出一辙。想到这里，单语桐心里猛然一紧。

“你的故乡是什么样的？”她很自然地转换了话题。

“江南水乡。”

“小时候，我和伙伴们最喜欢在门前的河里打水仗，要不然给撑船的大叔捣乱，最后搞到人仰马翻，再趁乱爬上船偷鱼……哈哈……”

“哈哈，有没有喜欢的女孩子？”

“我当年比较坏，喜欢谁就故意制造机会耍她，搞到哭为止，那时候男孩总想博得女孩的关注。不过，在我家那边有个说法，定情会送一支笔，可惜现在的年轻人，都无视这种传统，朋友说我暮气很重，我反而喜欢这种传统的风俗，有继承感……”

单语桐听罢不再多说，她不知道该如何回应他的认真。

车头在路口调转，单语桐一言未发，车里回旋着那首经典老歌“Promise Don't Come Easy”。许柏舟的车，伴随着悠扬的旋律，缓缓地穿梭在满是霓虹的城市，错过一对对脸上挂满幸福的情侣。

不知开了多久，车已停在单语桐家楼下，许柏舟随口说了声：“语桐，你不介意帮我从后备厢拿把伞吧？”单语桐打开后备厢，没发现伞的踪影，却看到一大束玫瑰花横在中央，她原以为到了这个年龄已经没有过情人节的必要，没想到这个惊喜还是砸中了她的心房。许柏舟看见了她眼中的惊喜……

“语桐，今天是情人节，接受我的邀请好吗？做我的女朋友。”

这座城市开始下雪了，他们头上落满白色的冰晶，第一次倚在车旁拥吻，那是一个非常缠绵而悠长的吻，车窗上还有单语桐为许柏舟涂抹的自画像，因为气温的寒冷，还挂在那里……在他的故乡，如果有心仪的女孩子，一定要送一支笔，算作定情，这一次，除了那支早已送出去的钢笔外，还迎和着节日的气氛，收获了一份每个女人嘴上不说，心里都想拥有的“惊喜”。

许柏舟以为单语桐将会是他的未婚妻，跟他在一起，就会是这个世界上最亲密的爱人，他对自己的魅力从不质疑，这是他的优点，也是他致命的缺陷。充沛的想象力，有时未必是件好事，不过对作家来说，似乎是创作的来源，怪不得他选了这条路，目前看，前景不错。

平日里，他最大的爱好是和白鸣打篮球，三步上篮还保留着高中时期的姿态。他的体重也停留在高中时期，这足以证明他的毅力。每每同学聚会，他总会用骄傲的神情教育身旁早已脑满肠肥的男同学。

当年他做进出口生意，人际关系虽广，却杂乱不堪，觥筹交错间称兄道弟，下了酒桌一样尔虞我诈。白鸣曾是他的供货商，他们倒卖过几次生意，合作默契又愉快，他喜欢白鸣，原因很简单，够直白。和他谈生意免去了觥筹交错间的称兄道弟，直截了当谈利益，就这样谈着谈着，也免去了尔虞我诈，直接熟稔到了称兄道弟。

“最近你那篇悬疑小说写到哪里了？我买了你们社的杂志，目前看到最新的连载。”许柏舟跟单语桐说着。

“没想到你这个人还挺好学，上次和你聊完，引发了一些创作灵感——宿命论。只不过我还在犹豫接下来的情节走向，尤其男女主角的心理变化。不过……想好了也不告诉你，当是给你留点悬念。”单语桐笑望着他。

“这周末有空吗？我约了球友打球，要不要一起去？晚上顺便去看那场悬疑电影，上映很久了，找点灵感去吧。”许柏舟情商非常高，据说他的邀请，很难被拒绝。

一早，许柏舟穿好行头，短衣短裤，携着单语桐出现在球场。白鸣还没赶到，他已经脱去外套开始热身，左扭一下腰，右压一下腿，他的身材保持的非常好，一身腱子肉，快干材质上衣的贴身效果，凸显着八块腹肌。他示范着跨栏，故意耍宝，惹得单语桐一阵笑盈盈。就这样，笑着笑着，笑出了僵硬……白鸣走过来了。

“白鸣，在下女友，单语桐，多亏你的牵线搭桥……语桐，这是我媒人，今天终于见到了。”

白鸣一副慵常的表情，他其实没什么具体的表情，他开不开心，没人看得出来。何况，今天是来打球的，他一早换好衣服，和许柏舟抢起了篮板。

单语桐窄小的房间里，灯光昏暗，这座城市的冬天，下午五点便昏暗下来。她很少约朋友到家里做客，除了若林。今天她推了公司的事宜，推了若林的饭局，甚至推了许柏舟的约会，她在窄小的床上寻找着另一个人，她在幽暗中喘息，直到泪水爬满脸庞……

“为什么是你？”

“没想到我们还会再见。”

“再见，还在一张床上出现。”

“我想要你。”

房间突然明亮起来，白鸣赤身裸体地站起身走到单语桐身边，她拧开灯，想看清楚对方和自己，这是一场怎样的混乱，她无法拒绝白鸣从身后环绕过来的拥抱，一如从前的那样熟悉，多少个夜，她循着回忆的痕迹，抱着空洞入睡。他们重新纠缠到一起，交换着彼此的唾液和体温，这样一个寒冷的冬夜，白鸣寻找到他口中缺失的那种女人；而单语桐，在他的臂弯，重温了旧梦。

从没想过有一天，自己会再次和这个男人纠缠到一起。单语桐站在窗边，看着楼下白鸣开车离去的身影，她知道自己再一次沦陷了，沦陷在这个男人的眼眸深处，无处逃遁。黎明之际，天边微微亮起的晨光，令整座城市蒙上了一层隐约的光晕。对于单语桐来说，白鸣就是她人生中，无法走出的那个光晕。

读大学时，他就是学校里叱咤风云的热门人物，不论他走到哪里，都会引起女生们的围观。对于校园里这位校草级的大人物，单语桐并不感冒，偶尔，她会在去图书馆，或者自习室的路上，看到白鸣，不可否认，他是一个好看的男孩，有着分明的轮廓，让人无法琢磨的神情，对于二十岁出头的大学女生来说，这样的男孩，只有在梦中才会出现吧！

但不知道为什么，单语桐总是在白鸣身上嗅到危险的气息，靠近他，似乎就在靠近厄运，一种缠绕得让人无法逃离的命运。

白鸣身边总是环绕着许多女生，高矮胖瘦，他对女朋友的品位，抽象而广博。有一次，单语桐独自在食堂吃饭，听到坐在她身后的白鸣和几个男生大声谈笑："现在的女生是不是都那么饥渴，还没约会三次，就急着把我扑倒……"

男生放肆的嘲笑声，令单语桐倒了胃口。她把几乎没动的饭菜倒进了垃圾桶。那一天，单语桐在自习室待到很晚。抱着书本，走在回宿舍的路上时，她听到旁边小树林里传来怪异的声响。她按捺不住好奇心，便大着胆子走上前去看个究竟。不成想，活脱脱的一副春宫图令她猝不及防，几乎是逃回宿舍的单语桐上气不接下气地坐在床上，心里暗暗羞恼，明明是别人做了不好的事情，为什么自己这么心虚？

几天之后，单语桐被白鸣当路拦截。白鸣似笑非笑地盯着单语桐："那天，你都看见了？"

单语桐一时不明白他说的是什么。

白鸣提醒她："小树林——"

看着白鸣从口袋里掏出了自己的学生证，单语桐一下子想起来了，原来那天在小树林里撞见的，居然是他。

单语桐伸手想要拿回自己的学生证，白鸣手一缩，调笑着拉住单语桐的胳膊："想要回去，没问题，不过，你得帮我一个忙。"

单语桐不知道他要搞什么鬼："什么忙？"

白鸣微微侧目，低头在单语桐耳边低语："这个——"

单语桐还来不及反应，就被白鸣吻住了嘴。白鸣的气息中混着凛冽的烟草味道，进入到唇齿之间，似乎还有令人迷醉的功效。就在单语桐被这突然而来的吻惊呆时，白鸣又突然松开了她。

白鸣轻轻地把单语桐搂紧在自己怀里："你都看到了，我现在爱的是她。"

单语桐这才看到，在自己身后，站着一个气鼓鼓的高个子女生。单语桐想要解释，却被白鸣拉了回去。白鸣将单语桐往自己胸口拥了拥，不耐烦地对那个女生说："别再来找我，也别找她的麻烦。"

明明是不经心的口气，单语桐却听出了不容拒绝的威慑力。那一刻开始，单语桐的命运便和他紧紧地纠缠在了一起。

手机铃声响起，打断了单语桐关于过往的回忆。是许柏舟打来的，他说已经买好了早餐，是在单语桐最爱的那家店里买的。

“我，我今天不舒服，还想再睡一会儿。”单语桐一时还没回过神。

“没关系，我已经到你家楼下了。我先去旁边的药店帮你买点药，等下再帮你熬点粥。”许柏舟总是不容人拒绝。

单语桐躺在床上，看着厨房里，许柏舟细心做饭的身影，挽着袖子，身上洒满了从窗外照射进来的阳光。

“别着急，粥马上就好了，我再做点爽口的菜。”许柏舟的声音从厨房传出来，在单语桐听来，遥远得好像上一辈子的事。

曾经，这样的画面，一直是单语桐梦寐以求的，在自己的家中，爱人端来亲手做的菜肴。时光婉转，幸福停住。这一生，能够过上这样的日子，才不算虚度吧。可是，此刻，幸福就在眼前，单语桐的心里却泛起凄凉。幸福于自己，恐怕真的只是一场镜花水月，不然为什么每次在她想要抓住幸福的时候，让她避之不及的那个人，总是要出现。

“怎么了？是不是还难受？”许柏舟的手轻轻搭在单语桐额头，掌心干燥温暖，力度很小，似乎深怕一个使劲，伤到她似的。

单语桐摇摇头，坐起身来喝粥。

白粥的口感绵密，菜的味道也十分清爽，吃起来，让单语桐想起了小时候，妈妈的手艺。

“没想到你做饭还挺好吃，和谁学的？”单语桐一边喝粥，一边抬头问正在帮她收拾书桌的许柏舟。

许柏舟背对着她，一动不动，似乎没有听到。

单语桐低声叫了两声：“柏舟，柏舟。”

许柏舟身影一动，回过头来，“也没什么，自己生活，总要会一些灶火边的事情，你喜欢，以后我天天做给你吃。”

单语桐笑着低头吃粥，没有看到许柏舟低垂的眼角处闪过一丝愤懑，和他忍不住悄悄攥紧的拳头。

自从那天之后，白鸣好像再次消失，他没再来找过单语桐。倒是许柏舟，对单语桐展开了疯狂的攻势，每天准时一束鲜花送到单语桐的办公室，惹得办公室里窃窃私语。夜里更是微信、电话不断，两个人的感情在许柏舟热烈的行动下，迅速升温。

若林对许柏舟的表现很是满意：“要我说，你干脆今年就把自己嫁出去算了。这么好的男人，省得夜长梦多。”

单语桐不置可否地笑笑，显得有一些犹豫。

若林急了：“我说你还犹豫什么，碰到一个好男人多不容易，你还不赶紧抓住？你心里到底在想什么？我说你不会还在想着那个人吧……”

上一次若林的脱口而出，像是给自己心上扎了一根刺，她带着这根刺暂且麻痹自己；这一次，她被若林的话一下击中心房，突如其来地留下一个血窟窿。如果没有那个人的出现，自己现在应该早已经嫁人，没准孩子都生了。人生，就像一部巨大的轰鸣的机器，偶尔一个齿轮的错位，就颠覆了全部。看到单语桐低头蹙眉的样子，若林轻轻叹了口气。她拉过单语桐的手，微微晃了晃，单语桐抬起头，脸上挂着薄弱的微笑，看得若林很是心疼。

看着单语桐单薄的身影上楼，若林晃了晃神，发动车，正准备离开，一个人影在她的后视镜里一闪而过。若林打开车窗向外张望，漆黑的夜色下，空无一人。难不成刚才是自己眼花了？若林摇摇头，慢慢将车调头开走。

“喂，刚才我好像看到他了，那个人影真的好像他，你说我是不是见鬼了，真是背后不能讲人坏话……”若林一边开车，一边给单语桐打电话。

“我看你是眼花了吧，哪儿有那么巧的事？”单语桐的声音听起来很平静。

若林也觉得好笑，她和单语桐开了几句玩笑，就挂线了。

单语桐脸上的笑容随着电话挂线，随之消失。

“你又来做什么？”单语桐看着站在门口的白鸣，她紧紧守在门口，在心里下定决心，这一次，决不能放他进来，不能再和他纠缠下去。

似乎，白鸣并不介意单语桐的冷淡和抗拒，他举起手里拎的袋子，在她眼前晃了晃。

“小馄饨，还是那家的，你以前最爱吃。”白鸣边说，边想要从门缝挤进去。

单语桐挡在门口，面无表情。

“你都说了，那是以前，现在我不吃馄饨。”

白鸣没有放弃的意思。

“是吗？那我们去吃别的，我带你去。”

白鸣拉住单语桐的胳膊，他的手掌多汗冰凉，寒意从单语桐的毛孔渗入心底，单语桐想要本能地甩开，却未能从这张手掌逃脱。二人推搡的过程间，白鸣顺利地从门外挤进来。单语桐心中苦笑，这么多年，自己到底还不是他的对手。

白鸣低头，眼睛直直地看着单语桐。

“看着我。”白鸣命令似的口吻。

单语桐刚想说话，白鸣便拦腰把她抱起。单语桐挣扎不过，又是顺从。

“为什么不肯放过我？”

白鸣俯身看着她，眼眸中有一丝一闪而过的无奈。

“明明是你不肯放过我，为什么还要出现在我的生命里？”

狭小的房间内，两个相互厌弃的人不断索取，似乎想要从对方那里汲取给自己支撑下去的力量……

桌上，那碗她曾经爱吃的馄饨早已没了热气，被扔在一角，床上的两个人，精疲力竭地陷入沉沉的昏睡中，谁也没有注意到在这个房间天花板的一隅，一个微弱的小红点，一闪一亮，刺眼得很。

天没亮他就走了，门被轻轻关上的一瞬间，单语桐睁开了眼睛。

她走到窗前，看着白鸣走到楼下，抽了根烟，转身上车离开。自己为什么会和这样一个人纠缠不清，一个从来不顾及别人的感受，也从不袒露自己内心的家伙，单语桐在很多年前就问过自己：这个男人，到底有什么吸引自己，是宿命的纠缠，还是情欲的拉扯？

门铃响起，打破了她的沉思。

单语桐整理了一下倦容，穿好睡衣起身开门。

门外，站着许柏舟，他轻轻地拍了一下单语桐略显惊愕的脸庞。

“怎么了？不认识了？”

单语桐尴尬地把许柏舟带进房间。

“这么早，我还在睡觉呢。”单语桐心虚的环顾房间，担心白鸣会留下什么，令许柏舟发现端倪。

许柏舟从厨房拿出碗筷，开始将自己买的早餐放到桌上。

“就知道你会睡懒觉，不好好吃早饭，特意买的，快吃吧。”

许柏舟把单语桐拉到桌前，单语桐拿起筷子，虽然一点儿胃口也没有，却也不得不使劲将食物塞到胃里。

“这是什么？”

许柏舟发现并拎起那碗早已凉透的馄饨。

“那是——我昨天买的晚餐——咳咳——”

单语桐急于解释，被食物呛到气管。

许柏舟给她倒了一杯豆浆。

“隔夜的，不要吃了，对身体不好。”

许柏舟随手将那碗馄饨扔进垃圾桶，不知道是不是自己的错觉，单语桐总觉得许柏舟那看似不经意的一丢，似乎含着泄恨般的力道。

许柏舟开车送单语桐到杂志社门口。

单语桐打开车门，准备下车时，许柏舟拉住了她的胳膊。单语桐下意识地收了回来。

“周末留出时间给我，我去你家接你。”

“好，做什么？”

“到时候你就知道了。”

许柏舟神秘得不肯多说，单语桐也乖巧得不再多问。他们两个人现在虽然是情侣关系，但彼此之间总是客气得厉害。看着许柏舟的车开走，单语桐站在路边呆呆地想，这样的关系到底是好还是不好？这样的男人，稳定、有教养、疼爱自己，是个不错的丈夫人选。

单语桐在内心做了无数次的论证，却始终没有答案。况且他们都明白，这种客气的尴尬，都源自那天发生的事……

慵懒的周末，许柏舟家里，两个人窝在沙发里看电视，单语桐先起了困意，起身准备洗澡时，许柏舟忽然拉住她的胳膊，将她搂在怀里。

“怎么了？”

单语桐将头靠在许柏舟胸前，静静地听着他的心跳。

许柏舟的手指划过单语桐的发丝。

“我们结婚吧？”

“啊？”

单语桐惊得坐起来。

许柏舟看着单语桐惊吓过度的表情，忍不住笑了起来。

“怎么？嫁给我，能把你吓成这样？”

单语桐低头：“我只是没想到你要跟我说这件事。”

那之后，许柏舟再没提过结婚的事情，他很奇怪为什么单语桐提到结婚就表现的心惊肉跳，这不得不让他想起曾不止一次看到过她胳膊上的淤青，在一个简单的帮她披上外套的瞬间里。

单语桐曾不止一次地追问“爱”到底是什么？为什么世间的痴男怨女，苦苦求索一个看不见、摸不着的字眼。看惯了电视剧里的狗血剧情，甚至电影里、文学里弥漫着的爱情伤痛，她却开始质疑爱情的真相。她是作家，可以在小说里游刃有余的解读主人公的喜怒哀愁，却对自己的情伤束手无策，尤其在与白鸣重逢之后，她越来越怀疑白鸣爱自己的深不可测。

她曾以为初恋是真爱，那个给她极致快感和痛苦的男人，初吻与少女的贞操，是对这份爱极致的表达。她是天真的，但，不天真的女人，在男人眼里都失去了颜色。于是，她在懵懂的爱情里，付出了代价——意外的怀孕与堕胎。

女人，是灵性的动物，会在极致的痛苦边缘，领悟到精神的救赎。白鸣并不知道她的心理变化，事实上他的冷漠和执念，连他自己都无法控制和理解，又何尝会去理解一个被自己伤害过的女人。

他付出的不过是“欲”，离爱很远……

单语桐刚走进办公室，就迎来了同事们复杂的目光洗礼。

“你们怎么了？”

单语桐检查自己今天的穿着，好像没什么不妥。

同事冲她努努嘴，她才看到在自己的办公桌上，放着一束大到离谱的玫瑰花束。单语桐抱起那束花，正中间的卡片上，熟悉的字迹印入眼帘：“既然总是狭路相逢，何不将错就错。”

单语桐看着卡片，那字迹，她一辈子也忘不掉。单语桐呆坐在电脑前，看着眼前空白一片的文档，脑子里一个字也蹦不出来。她索性把办公室门关上，把同事的调侃和羡慕隔绝起来，她此时想到的，全是那些她以为自己这辈子再也不会记起的回忆……

自从被强吻之后，单语桐走哪都能碰到他，不管校园里，还是校园外。面对白鸣的死缠烂打，单语桐无语地质问：“你到底想干什么？”

“做我女朋友。”

“凭什么？”

“看上你了。”

真是太嚣张了，单语桐望着眼前这个自以为是的人，只想绕着他走。但很快，整个校园都知道白鸣有了新女朋友，这个人就是名不见经传，默默无闻的单语桐。

在很长的一段时间里，白鸣会在早上风雨无阻地站在单语桐楼下，手里拎着早餐。在单语桐出现的任何地方，都可以看到他“恰好”的经过。

事实上，单语桐自己也记不清是什么时候正式和白鸣交往的。也许，在寂寞太久的生命里，忽然突兀地闯入这么一个男人，不论单语桐承不承认，每次他出现的时候，她的心底多少都会泛起涟漪。

然而和白鸣在一起之后，单语桐渐渐习惯了被目光包围的感觉，习惯了吃饭有人陪，下课有人等。两个人的岁月，大抵真的比一个人的日子更有滋味吧。

某天夜里，白鸣送单语桐回到宿舍，习惯性地轻吻了她的额头，便返身回到校外自己租住的家里。那晚是世界杯的总决赛，学校宿舍里没有电视，白鸣不想错过这场精彩的球赛。当然，这个理由是他告诉单语桐的。当单语桐走进宿舍，发现自己的手机落在了白鸣那里时，她鬼使神差地去了那间她只去过一次的地方。

其实，一晚上不用手机也不打紧，但那晚不知道为什么，单语桐一定要在宿舍门卫已经关门的情况下，从一楼厕所的窗户钻出去。那夜的风湿热躁动，事后多年，单语桐想起那晚都觉得一切都是命运的安排。

白鸣租的房子是个独门小院，单语桐到的时候，发现门没有锁，只是虚掩着。她轻轻走进去，在没有拉窗帘的窗户外，看到了赤身的白鸣俯身在一个同样光着身子的女人身上。而在他们身边，还有另外一个女人，正用挑逗的手指从白鸣结实的脊背上轻轻滑过。

那样的白鸣是单语桐从未见过的，充满了困兽的戾气，表情让她感到陌生，似乎是一个她完全不认识的人。

在白鸣身下的女人表情逐渐痛苦起来，她猛地推开白鸣，破口大骂："你他妈有病吧，咬我干吗？"

在女人光洁的肩膀上，一个清晰的带着血迹的牙印，在昏黄的灯光下，咧着可笑的口子。

白鸣一把抓住女人的胳膊："废什么话，拿我的钱，就得听我的。"

在两个女人和白鸣争执之际，白鸣看到了窗外完全呆住的单语桐。

女人骂骂咧咧走了之后，白鸣走到茶几旁给自己倒了杯水："你怎么来了？"

单语桐喃喃低语："我——手机忘在你口袋里了。"

白鸣放下水杯，毫无表情地在裤子口袋里摸了摸，掏出单语桐的手机，递给她。

单语桐走到门口，又忍不住返回来面对白鸣问："你到底是什么人？"

白鸣侧身躺在床上，背对着单语桐，沉默装睡。

单语桐猛地走到白鸣面前，大力掀开白鸣盖在身上的被子：“你到底是什么人？你到底想要什么？你为什么要这么对我？”

白鸣冷静地坐起来：“你想我怎么对你？像对待她们那样对你吗？你肯吗？”

看着白鸣挑衅的目光。

“我肯。”

在白鸣还没回过神来的时候，单语桐就开始动手解自己衣服的扣子：“但是，你要保证，你只能对我一个人这样，从今往后，永远。”

白鸣拖拽着单语桐的胳膊，想把她推到门外：“神经病，别在我这里闹。”

单语桐几乎用尽了全部的力气挣脱开白鸣的手：“我不回去。”

那一夜，单语桐在那间简陋的房间里，让白鸣真正拥有了她。看着白鸣熟睡的脸庞，单语桐内心竟然充满戚戚然，这就是她的爱情，充满着痛楚和伤害，单语桐看看自己胳膊上被白鸣咬下的痕迹，想起夜里他好像野兽一样的粗鲁、本能的举动，单语桐有些惶恐。她不明白自己为什么要义无反顾地踏入这场爱情之中，明知道前方是万劫不复的深渊，却还是不肯回头。

喜欢一个人，可以计较多少，权衡利弊，吃喝玩乐在一起，也明白对方在自己心里几斤几两。某一天，彼此不爽，便分道扬镳，爱情就此枯萎也在情理之中。但是，一旦爱了，你非但不知道对方在自己心里几斤几两，就连自己几斤几两都不再清楚，云里雾里的绕啊绕，一会儿走软桥，一会儿高空弹跳，冷不丁再给你泼盆凉水，再不然醉生梦死。总之，沾上了爱，不是极度的甜蜜，就是万丈的深渊。就好像单语桐心里一直所迷惑的——“到底，我遇见了宿命般的真爱，还是逃不过的劫难？”

她的追问，已经靠近答案，不管她心里曾对白鸣有过多少期待，不过是在等待着某个时刻，彼此拖曳着一起滑向悲剧……

看着被扔在垃圾桶里的花束，现在的单语桐对当年自己的选择有些质疑，如果不是与白鸣在一起，那现在的自己一定会更幸福。

手机响起，是许柏舟。

“我在你包里放了胃药，你这几天不舒服，别忘记吃。”许柏舟总是这样事事周到，让人无法挑剔得有些压抑。

“好，我知道了。”单语桐下了决心，这辈子交付给许柏舟这样的男人，就算不会多幸福，起码也不会不幸。单语桐不愿意再想起几年前的生活，如果要忘记过去，就一定要开始未来。许柏舟就是自己的未来，单语桐决定答应许柏舟的求婚。

晚上，许柏舟惊讶地看着站在自家门口的单语桐。

“怎么，不欢迎？”单语桐看不透许柏舟脸上的表情是什么意思。

许柏舟把单语桐拉进屋里：“怎么会，我只是没想到你会主动来我家。”

单语桐的确从来不主动，她不会主动和许柏舟接吻，不会主动关心许柏舟，更不会主动和许柏舟亲热。她细细想了想，自从和许柏舟交往以来，一直都是许柏舟在带着她往前走。想到这里，单语桐不禁有些惭愧，原来在这份爱情中，自己竟是从未付出。

“在忙什么？”单语桐岔开话题。

许柏舟耸耸肩：“写我的小说，最近陷入瓶颈，总是想不出好的情节。”

“不如我帮你出出主意。”一旁的书桌上，堆满了书籍，许柏舟的电脑微微合着，单语桐想要过去打开看看，却被许柏舟一把拉进怀里。

“这么晚来找我什么事？”许柏舟凑在单语桐耳边问。

单语桐抬头：“这么晚，你说呢？”

单语桐吻住许柏舟，双手环住他的脖子。

“啊，我昨天买了一瓶上好的红酒，等我去开。”许柏舟站起身。

单语桐拦住了他：“今天我不想喝酒，没有酒精，我想我会更清醒地认识你。”

自从和许柏舟恋爱后，他们每一次亲热，许柏舟都会事先喝几杯酒。单语桐曾问过他原因，许柏舟戏谑的称不过是一种情趣，不过每次的“情趣点”都类似，会让人萌生疑惑。好在过去的单语桐也会要求喝几杯，她觉得醉着总比醒着时更容易去接受。

但今夜，她不想醉，她想要从内心深处真正地接受许柏舟，所以，她想要清醒，特别的清醒。

许柏舟并没有问单语桐为何突然转变，他也没有坚持要喝酒，只是轻吻了单语桐的额头："早点睡吧，我今晚还要赶稿。"

躺在床上翻来覆去睡不着的单语桐，能听到许柏舟在客厅敲打键盘和翻书的声音，似乎还伴有若有若无的音乐声，低沉凄婉。不知过了多久，单语桐迷迷糊糊之际，感到许柏舟躺到了自己身边，她伸手去抱他，却被冷冷地推开。廖寥困意顿时消散，单语桐在许柏舟熟睡之后，轻轻起身走出了卧室。

许柏舟的电脑没有关，单语桐坐下看他的小说，这是一部悬疑惊悚题材的小说。许柏舟文笔很好，情节也设置得丝丝入扣，一点儿不像他说的没有思路。单语桐看了几页，留意到了许柏舟没有关的一个网页，上面搜索的记录是曼珠沙华，一种传说中的花。

她刚想回到床上睡觉，忽然听到许柏舟在卧室传来几声低低的呐喊，似乎是梦到了什么不好的、可怕的东西，他不停地喊着："走开，不是我……"

单语桐很早就离开了许柏舟家，走在无人的大街上，环卫工人才开始清扫街道。想着昨夜许柏舟反常的举动，单语桐百思不得其解，这个男人到底有几面呢？为什么自己身边的男人总是不能表里如一，总是要隐藏着无法诉说的秘密。

一想到许柏舟深陷噩梦中的惊惧样子，单语桐就感到后背发凉。

之后的几日，许柏舟照常与单语桐约会，他们二人仿佛心有灵犀般，对那夜的事情都闭口不谈。单语桐每每看着与自己温柔相对的许柏舟，就会想起那个夜晚，背对着自己，冰冷得推开自己手的男人。

到底哪一个才是他?

傍晚，单语桐从杂志社出来，就看到许柏舟等在门口。

“你怎么来了？”单语桐记得许柏舟说这几天会很忙。

“想你了，你呢？”许柏舟温柔地揽过单语桐的腰，在她额前印上一个吻，惹得单语桐下班走出来的同事们，纷纷羡慕侧目。

单语桐坐上车，许柏舟替她扣好安全带。

“我们去哪儿？”单语桐看着今天的许柏舟似乎精心打扮了一番，身上有着淡淡的香水味，遥想他们第一次在意大利餐厅约会时，他身上就是这种味道。

“白鸣今天从美国回来，我们一起吃顿饭。”许柏舟直截了当。

单语桐不愿扫许柏舟的兴致，只是当听到白鸣的名字时，心头一紧。

到了餐厅，白鸣还没到。

许柏舟点好了餐，起身去了洗手间。

单语桐独自坐在餐桌前，若有所思地玩着叉子和勺子，熟悉的脚步声在她身后响起。

“老许呢？怎么就留美女一个人在这儿，他也不怕被别人给抢走了？”白鸣玩世不恭的语调，令思绪万千的单语桐打了个寒颤，手中的叉子掉落在地，发出清脆的声响。

“你……”单语桐梗着脖子，竟然无法说出第二个字。

明明在车里，她已经给自己打了半天气，未曾想，见到面了，又是这种无处可逃的感觉，什么时候再见面，才可以淡定地面对，这真让她苦恼。

不知所措时，她已经看到许柏舟微笑着走来。

单语桐和白鸣，表面上一团和气，台面下各自心怀鬼胎。他就像一个陌生人一样，偶尔和单语桐说几句客气话，大部分时间都在和许柏舟聊着NBA球赛。

这一餐饭，单语桐吃得心慌意乱，她太了解白鸣了，那是一个无所顾忌，从不按常理出牌的男人……

大学恋爱的时候，作为他正牌女友的单语桐时常要忍受自己的男朋友搂着不同的女同学调情，还要忍受在偶尔推开出租屋的房门时，床上躺着的陌生女人指着自己大喊：“你是谁？”

自己到底是谁，那时单语桐也常常这样问自己，她不止一次地对白鸣说：“我们分手吧，我只想找个一心一意的男朋友，回归正常健康的生活，你要的我给不了。”

白鸣对单语桐提出分手的要求，只有两个字：“休想。”

他将单语桐推倒在桌上，掐着她的脖子发狠：“这个世界上，只有我不想要的，没有我不能要的，包括你！”

单语桐不明白，他到底看上了自己什么，她除了会在考试前替白鸣抄一抄课堂笔记，在他喝醉后给他熬一碗醒酒汤，或者在他心情好的时候，做几道他爱吃的菜。但，也许这些都不是白鸣看重的，和他身边的女人比起来，不管是外貌、身材，甚至家庭背景，都不是一个级别。如果将她们整齐划一地摆在一起，单语桐只剩下自惭形秽。

餐桌上，看着心不在焉的单语桐，白鸣心里略微感到好笑，这么多年过去了，这个女人的智商还是不见长。

单语桐的确不是他的对手，否则不可能还在与他缠斗。白鸣有过目不忘的本领，这是一种天赋异禀，但有时，也是烦恼的来源。了却烦恼的方法有很多，他选择抱着放任自流的心态肆意结交女朋友，只有在酒精和性欲的刺激与麻痹下，他才能忘记自己是个多么不幸的人……

白鸣从来不和别人提自己的家庭，在同学眼中，他似乎没有父母亲人，他总是独来独往，逢年过节，也总是待在学校里。

“白鸣，中秋节你打算怎么过？”睡在他上铺的室友随口一问。

白鸣当时正在喝水，手里捧着的玻璃杯就那样突然地碎在他掌心。那位男同学惊讶地看着白鸣一向没什么表情的脸上挂着痛苦内疚的神色，手掌被玻璃划破，不断滴落的血渍将他干净的球鞋染污。

中秋节——是白鸣生命中永远也无法抹平的一道疤痕……

在他的心底，一直藏着这样的伤口，他从不给人看，也不讲给人听，只是在每个寂寞的深夜，独自舔舐，疼痛让他对十几年前的那个中秋节，记忆永远犹新。

“哥哥，我好饿啊。”妹妹眨着眼睛，坐在白鸣怀里，拉着他的手撒娇。

一个九岁的小女孩，看起来只有五岁大，她营养极度不良，整个头显得比一般孩子要大。他们已经好几天没有吃过一顿饱饭了。被迫离开家之后，正值十二岁的白鸣带着年仅九岁的妹妹四处流浪。

深夜，饥肠辘辘的兄妹二人依偎在公园里、地下通道内。过往的人群会自动绕着他们走开，没有人真正在意他们，更不会有人为他们担忧。他们就像是两只掉队的受伤的小鸟，在每个凄冷的晚上，拼命的搂抱着对方取暖，只有这样他们才觉得自己并不孤单。

中秋的那个夜晚，整座城市都在过节，这是一个属于“团聚”的夜晚，当然也包括他们两个。

“我想和你一起去，我怕黑。”

“在公园长椅上等我，一会儿我们就有好吃的了。”

他临走前，摸了摸她因饥饿而越发浮肿的脸，内心满是酸楚。

“很快，不要和任何人走，乖乖等我。”

哥哥失信了。

他被扭送到警察局，因为盗窃商店里的月饼。他被盘问到了半夜，谎称肚子疼，终于让他逮住最后一次机会，从小院的厕所翻墙成功。幸好是半夜，幸好当地的派出所有些简陋，否则他的命运就此改写。他拼命地在路上跑，怀里还揣着半个几乎被压烂的月饼，那是在他情急之下塞进怀里的。他要早点赶到公园，妹妹怕黑，她的脸不能再继续肿胀下去，她只有九岁，她有一双美丽单纯的眼睛……思绪在十二岁的白鸣的脑海里，飞速地转，比他脚下迈开的步子还要快……

妹妹已经不在长椅上了。

不好的预感萦绕周身，他疯了一样的找了几天几夜，但是妹妹就此消失在他的生命中，他们再也没有见到过彼此。

每年的中秋夜，白鸣都会回到那个公园的长椅上坐上一夜，他期望着会有一个小小的身影，从朦胧的夜色中向他走来，拉住他的手，叫他哥哥。

可是，一次也没有，十几年的时间，白鸣找遍了全国各地，被他找到了无数人的妹妹，但没有一次是她。他常常想，如果她还活着，也许已经做了别人的新娘，在白鸣超群的记忆里，她的眼睛还是那样迷人，只是不知道，现在的她，会否一样单纯。

天亮了，他起身走了，头也不回，他将继续孤身一人前行。

孤独的人不需要爱人，也不需要人来爱。

白鸣不缺女人，他说自己的要求很低，他不需要女人爱他，他只需要不同的女人带给他不同的新鲜刺激感，让他感到自己还活着。

直到遇上了单语桐，白鸣忽然有了不想放手的感觉。他从来不认为自己是爱她的，那个其貌不扬，身材扁平的女孩，走在人群中，都不会被一眼认出。这样的女人，能和自己在一起，只能说是荣幸吧。

单语桐对他总是抗拒的，又是顺从的。这似乎有些矛盾，更矛盾的是，明知不该爱上一个人，却又无数次地陷入他给的泥沼。白鸣呢？不知是单语桐的拒绝和躲避激发了他的征服欲，还是他心底隐隐觉得单语桐偶尔放空的眼神，很像自己的妹妹，他解释不清。

总之，他就是不顾一切地要让单语桐留在自己身边。每当单语桐对他好的时候，他忍不住想要折磨她，看她痛苦；可是当看到单语桐痛哭时，他想的却是自己的妹妹，会不会也正在世界的某个角落哭泣。

他似乎可以感应到妹妹在伤心难过，他却苟且地在女人的怀里享受着幸福。他不能忍受这样的感觉，他不能看到自己身边的女人露出幸福的笑容，所以，他想尽办法折磨、羞辱她们。

当然，单语桐，也没有例外。

单语桐咬牙切齿的时候太多了，她经历过多少让自己撕心裂肺的日夜，数也数不清。几经下狠手了断，与他对立成敌，却始终逃不开内心的煎熬。她甚至恳求过他能放自己一马，就此各不相欠、各不相见。

这是一对疯子，被世人所不理解……

宿命，到底是甜蜜的，还是可悲的？

有些人的相遇，注定只为配合一场小鹿乱撞，在时间的流逝中淡出彼此的世界；而剩下的一些，在彼此都无法理解的精神世界里，窒息了爱情的距离，哪怕世界末日，也要尽力绚烂。

晚餐结束后，白鸣故作潇洒的欲要借机先行离开，却被许柏舟一把揪住。

“等一下，见证历史的时刻到了。”

看着许柏舟一脸的神秘，单语桐忍不住问道：“到底什么事情啊，你今天怎么奇奇怪怪的。”

许柏舟突然单膝下跪，从口袋里掏出一枚钻戒：“嫁给我。”

没想到许柏舟会突然求婚，单语桐和白鸣都愣住了。

单语桐下意识地看了看白鸣，她想把许柏舟拉起来，却发现死活拽不动他。

“你还没回答我呢。”许柏舟执意跪着。

“我……”单语桐心慌意乱。

倒是白鸣浅浅一笑：“原来突然请我吃饭是这个意思啊，我说美女，我这朋友特靠谱，你还不赶紧答应他，小心被别的女人抢走。”

单语桐看着许柏舟恳切的眼神，顾不得白鸣的调侃，将手伸了过去。

一时间，餐厅里人声鼎沸，能看一场求婚戏，就像能给自己沾上不少喜气一样，就餐的人都站起来鼓掌，为这一对即将步入婚姻的情侣。单语桐是开心的，自然不必怀疑，可她也是犹疑的，最可笑的一幕，居然是在白鸣的见证下，完成自己人生中第一次重要的决定。

人群中，他冷冷地看着，机械化地拍了拍手，做足见证人该做的戏码。他内心没有任何波澜，也谈不上有任何意外的感觉。他的眼神落在单语桐手上的那枚戒指上，久久地盯了一会儿。饭后，在许柏舟取车的时候，白鸣拉过她的手，轻轻地又带着一点挑衅的势态去摸她手上的那枚钻戒，嘴角挤出了几个字："终于等到了，恭喜！"单语桐快速地将手抽回，调侃他："是终于等到摆脱你的这一天了。"

相爱相杀的爱情，注定是一场角逐。在互相轻蔑的眼神里，在彼此拉扯不清的关系里，甚至在看似激情如火的情欲里……如果是爱，何必厮杀？

一辆红色轿车从远处开过来，等到接近他们站立的位置便停稳了，摇下车窗，单语桐看到一张熟悉的女人的脸。女人向单语桐微笑着打了个招呼。她有点尴尬，点了下头算作回应。

白鸣微笑："走了。"

单语桐上车后一直闷闷不乐，许柏舟会错了意，说道："白鸣老婆就是这种脾气，你别介意，她话不多。"

单语桐解释："没有，我只是在想我的小说应该怎么往下进行。"

许柏舟看了看单语桐若有所思的神情，开车沉默。

车窗外街景寂寥，一如单语桐此刻的内心，空空荡荡，一点儿不像刚刚接受过另一个全心全意爱她的男人的求婚。

罗晓熙——白鸣的老婆。她一早清楚他们的婚事，当时曾轰动过全校。有些朦胧的往事逐渐地清晰。单语桐的内心是矛盾的，又是悲凉的，她矛盾自己的不由自主，又可悲自己的自欺欺人。

别犯贱，你刚刚答应许柏舟的求婚。单语桐在心里狠狠地提醒自己。

夜里，单语桐在浴室洗了一个很长时间的澡，许柏舟在浴室外敲门。

“语桐，你没事吧？”

“没事，我马上就好。”单语桐看着镜子里的自己，深吸几口气，走出浴室。

许柏舟在书房的电脑前看着什么。单语桐走近他时，许柏舟轻点鼠标，笑着站起身来，“怎么了，觉得你一整个晚上心不在焉的。”

单语桐摇摇头：“没事，可能是感冒了。”

许柏舟让单语桐坐到椅子上，“我去给你倒杯水。”

许柏舟走去厨房，单语桐坐在电脑前发呆，她一时也没有困意，想到了还没写完的小说，干脆打开邮箱，调出文档，一字一字地敲打起来。长篇悬疑小说《朝内81号》，已经连载了有段日子了，读者反馈不错。策划伊始，关于前世今生的宿命论，早已研究透彻，相爱相杀，是这本小说的初衷，多少个夜里，她有感而发，叹息爱情的甜蜜与悲痛，正如自己的这般遭遇……

经过数日的忐忑之后，我还是来了月事。我告诉了许暮远，他的表情好像如释重负似的："晚晴，别太难过，我只希望你平平安安的，千万别为我冒险。"

他越是这样为我，我便越坚定了想为他留下一个后代的想法。"不如，我们再……也许……"我哀求他，我真的很想给他生一个孩子，哪怕这个孩子不能认他做父亲，我从未想过会为一个人如此。

"晚晴……"他眼神复杂地看着我，"让我想想办法。"

之后我和他又偷偷在府里偏僻的房间里幽会了几次，但我却都未能怀上。"会不会是我有什么问题，难不成我……"我开始恨自己的肚子不争气。

暮远安慰我："这都是需要缘分的，我还是那句话，你千万不要为我冒任何的险。"

"我先走了，你等下再出去。"许暮远先行离开。我整理好衣物后，刚想离开，却在床的一角发现一把配枪，明明记得暮远刚才是带着配枪走的，这一把会是谁的？我顾不得多想，就将枪藏到怀中，也赶紧回房了。

"剧情怎么样了？"许柏舟端着一杯水，拿着药片走过来。

单语桐把自己刚写好的小说给许柏舟看："你说，接下来该怎么写才好，是让她把孩子生下来，还是……"

“悬疑小说，当然是要以制造疑点为主，我觉得里面还是要有蓄意的谋杀，才有看点，似乎现在看来，孩子留不住。”

“我也有想过，只不过死的是孩子，多少有点残忍，看来女人写悬疑，还是有诟病。”单语桐左右摇摆着座椅，胡乱地说道。

许柏舟将药片喂到她嘴边：“你总要明白人们藏在心底的欲念和渴求。”

喝过药之后，单语桐昏昏沉沉地上床睡觉了。她几次翻身，都没碰到许柏舟，单语桐能隐隐感觉到从书房里透出来的微弱的光……

初秋了，空气中夹杂着些许凉意。

自从单语桐允诺这桩婚事之后，她只要一有空就会来许柏舟这里，看来她是有了些习惯，这些习惯里带着对过去的不堪回首，也带着对新生活的向往，只是向往里，少了一点对许柏舟的期待。她从不承认自己爱白鸣，他们只是在彼此内耗各自的能量，早晚要走向无言以对的结局。单语桐有着女人与生俱来的天真，善于用直觉去判断男人的情话，不知该笑她单纯，还是该怪她晚熟。总之，她是不谙世事的，又是楚楚可怜的，也许她本就适合爱恨交织的爱情，一念天堂、一念地狱般的淬炼出一颗更加完整的心。

白鸣的枕边，她是个女人；许柏舟怀里，她却是个女孩。左手握住的是危险，却无论如何松不开手，松开的无非是那只分不清拿着的是糖果还是砒霜的另一只手。女人，习惯将借口安排在男人头上，把自己最后一抹无法抵抗的坚持，怪罪成男人抛来的诱饵。

“语桐，我晚上要去见一个客户，别等我吃饭了。”许柏舟打来电话。

单语桐心里竟感到一丝轻松：“喝酒就打电话给我，我去接你。”

收了线的单语桐竟然松了口气。

她不愿去细想他们之间，也许怪自己莫名其妙的疏离感，始终觉得许柏舟无法走进她的内心。无论如何，她宁可选择相敬如宾的距离，也不愿再掉进水深火热的煎熬里。单语桐攥了攥拳头，接着回过神来，继续撰写她的小说。

奇怪的是，她的确按照许柏舟给的建议，给了主人公一个悲惨的情节设置……

快到年根了，府里到处张灯结彩，为几天以后的司令大寿做着准备。我闲来无事，就穿上司令给我的那件旗袍，想着试一试，看到时候梳个什么发型来配。腰身处比之前紧了些，我得深吸一口气，才能把扣子系上。

“怎么了，一直在照镜子？”司令不知道什么时候进来了。

“老爷，没什么，只是好像吃胖了，穿上这旗袍，感觉有些紧。”我使劲绷直身体，才能避免腰身处的扣子不被崩开。

“胖了？”司令若有所思地摸着我的小腹，忽然脸上绽开了笑容，“胖点好，胖点好，我让厨房多做几道菜，以后你每天都要补补身子。”

司令突然的温柔与欣喜让我一时有些不知所措，待反应过来，忽然明白了司令的意思，难不成，是我有孕了？我算了算日子，这个月的月事已经晚了好几天了，难不成我真的怀上了暮远的孩子……

我一下惊喜得不知该怎么办才好，日盼夜盼，终于等到这一天了，却心有余悸的有些忐忑。

我几乎是迫不及待地告诉了暮远这个天大的喜讯。

“什么？你确定？”他并没我预想中的那么高兴。

我点点头，摸着肚子：“我确定，我真的有了你的孩子。”

“这孩子……”他像是下了极大的决心，断然地告诉我，“这孩子，你不能留，趁现在月份不足，我去找大夫开一剂滑胎药，你……”

“你说什么？你要杀了我们的孩子？”我有些不大相信地看着他。

“这孩子，来的不是时候，我们现在都还在司令府中，等过阵子你显怀了，司令会扒了你我的皮。”

“司令不会知道这孩子不是他的，他刚才已觉察出我有些不同，还很高兴地吩咐下人给我多做补品呢。”

“你不懂，总之，这孩子不能留……”他斩钉截铁道。我不明白他为何态度会忽然转变，我拉住他的胳膊。

“那我们可以离开这里，今晚就走，只要和你在一起，去哪儿都无所谓。”

“离开？”他不置可否地摇头，“现如今兵荒马乱，我们能去哪里。而且，我们前脚一走，司令后脚就会追上，他的副官和姨太太出逃，你以为他会怎么对付我们？”

“可是，我的孩子……”我害怕极了。难道我真的要为了保全自己，亲手杀死这个我好不容易得到的孩子？

“晚晴，你听我说，这孩子不能留，至少现在绝对不是时候。我，我现在不知道该怎么向你解释，但是，你一定要相信我，我不会害你的。”暮远抓紧我的肩膀，使劲摇晃，像是要把我从不安分的梦里摇醒似的。

我挣脱开来，护住我腹中的骨肉，压低声音告诉他：“你不想认这个孩子我不怪你，但我一定要把这个孩子生下来。这个孩子是我的希望，我在这里唯一的寄托，你休想把这孩子从我手里抢走。”

单语桐的助理，突然敲门把一沓文稿放在她的桌面，顺便提醒她近期又增加了几个广告位。思路突然被打断，她泡了杯茶，恍恍惚惚地接续剧情，却发现怎么也进行不下去。她翻看着之前写的内容，内心隐隐作痛起来：民国时期的单晚晴，对一个负心汉许暮远痴心长情，前世因果的宿命，最终一尸两命。她突然回忆起第一次与许柏舟见面时谈论的话题：一个女人，一个男人，疯狂地爱着、恨着，谁都没有偏离命运的齿轮……单语桐是个敏感的女人，敏感到她总能预示接下来会发生的危险。但，她也是懦弱的，在那些善始而不得善终的悲剧里。

“晚上等我”白鸣的短信，让单语桐不小心打翻了水杯。右手被滚烫的茶水烫了一下，下意识地把手机扔去了一边。她把这个男人看得过于强大。她不懂的是，她始终在和内心的另一个自己斗殴。她最恨的人，不过是她单语桐自己罢了——一边编织着海市蜃楼，一边再下意识地侵蚀摧毁干净。

“永远不要来找我。”这是单语桐回复的，说这是对自己最后的通牒更为贴切。

单语桐是楚楚可怜的，她最可怜的就是初恋遭遇上这种爱情，少女时期的所有情怀，都幻灭在现实里。她苦苦探求着爱情里那些耳热心跳的心动和耳鬓厮磨的承诺。然而，在她身上都未曾来过。白鸣曾对她说过：“也许，这是一场宿醉，醒了彼此就可以贻笑大方，越要疯狂地熄灭内心的热烈，越是不停地追问彼此的关系，甚至越是抵抗，只能证明你在疯狂地爱着，不过是偏执了一些……”

单语桐一边被不由自主地洗脑，一边在内心不停地呐喊——“这是‘爱’吗？这是炼狱！”

近期，白鸣的贸易公司不太景气，有几次进货出货的票据搞得乱七八糟，明明是自己搞错的，却要拿助理撒气。小助理唯唯诺诺的，不敢吱声，旁人都看在眼里，白老板那是在泄愤，要不然也不能一天骂她三次，还因为同一件事。老徐被白鸣安排出差有些日子了，若林着急怀孩子也未能如愿，老徐跟他多次申请调假，都被他不耐烦地驳回。看似一切都是不顺心的，白鸣连想都未曾想想，那一沓子材料，都落满灰了，还纹丝不动地摆在原处。

他找到了自己口中的那种女人后，他的办公桌越发的乱糟糟。他不愿意回家，尤其看见罗晓熙的脸。一到周末，他就忙着约许柏舟打球，他更不愿看罗晓熙她爸那张毫无表情的脸。许柏舟不知是有意还是无意的话，总是隐隐刺痛白鸣的心。许柏舟给他老丈人送过不少礼，还嘱咐白鸣："他老人家那是随口一说，我许柏舟可不是随手一买，这还不是替你想着，要不然就那老家伙能给你好脸色？"

"呸，老家伙！我早受够他了。"白鸣挥舞着手里的球杆，狠狠的一杆进洞。

"晚上喝一杯。"许柏舟拍拍他的肩膀。

白鸣不好拒绝许柏舟的邀约，他们之间除了私人关系，还沾亲带故的有点业务往来。这些事，单语桐并不知情，男人之间的事，女人知道得越少越好。但男人之间的事，如果牵扯进一个女人，就不会那么简单收场，尤其还是同一个女人。

白鸣家，许柏舟瘫在沙发里，絮絮叨叨地说着醉话，白鸣心不在焉地应付着，他一厢情愿地以为单语桐也在焦急地等着自己，所以他想尽快把胡言乱语的许柏舟赶走，然后再奔赴到他的"未婚妻"

床边。

“还有酒吗，再拿一瓶来——”许柏舟摇晃着桌上的空酒瓶。

“喝了不少了，要不我先送你回去吧，咱们改天再喝。”白鸣想要将许柏舟劝回去。

“今天怎么也要喝个痛快。”许柏舟明显已经喝大了。

拗不过许柏舟，白鸣走到储藏室拿酒，他拿出手机，给单语桐发了一条短信。他知道许柏舟喝了这么多，晚上唯一能干的一件事情就是睡觉。

单语桐虽然疾言厉色地拒绝了自己，不过起码她还愿意回应。想到这里，白鸣开心地笑了起来，自己也没搞懂这是什么心态，总之是一种极度扭曲的快感，毫不掩饰地浮上脸庞。

从储藏室走出来，没看见许柏舟的身影，白鸣穿过客厅，最终在书房发现瘫倒在地的许柏舟。

“你怎么倒在这儿了？”白鸣将许柏舟搀扶出书房，他没有注意到自己书桌上的电脑没有关……

“最近，我和语桐之间好像出了点问题，她对我的态度，总是让我捉摸不透。”

“女孩子都是要哄的，不是靠猜的，你平时多下点功夫。”白鸣像是无意又好意地一说，却让许柏舟多心又敏感了起来。

“据说，她读大学的时侯，有过一个男朋友，那段恋情无疾而终，可是，却给她留下了很大的心理阴影。我曾经问过她，如果之后再碰到那个男人会如何？她笑而不语，我却看出了满眼的恨。”许柏舟趴在他耳边，神秘兮兮地说着，一脸酒后吐真言的真挚。

白鸣不动声色：“多早的事了，能有什么深仇大恨，要我说，你们这些文人，专门喜欢胡思乱想，还是嫌生活不够累。”

许柏舟诡谲莫测地笑起来：“哎，你真是不了解，也难怪，她外表看着单纯可人，其实心思很重，最近我发现她总查一种叫作曼珠沙华的花，我好奇问她，她遮遮掩掩，敷衍我说是设置小说桥段用。但是——我翻查过她的搜索记录，据说这种花有一个妙用……”

“什么妙用？”白鸣饶有兴趣。

“它能在一定的高温下，提炼出一种纯度很高的精油，剂量低的可以勾兑在酒精里，能起到兴奋的作用，肝脏自动可以分解微量毒素；一旦浓度过高，肝脏解毒能力不耐，侵入五脏六腑，短期能令人精神萎靡、眼神涣散，长期可就是心脾衰竭，死路一条。”许柏舟一改往日的斯文和蔼，白鸣在他的眼神里看到了另一个许柏舟的影子。

送走许柏舟，白鸣来到单语桐家楼下，他看到单语桐窗口的灯还亮着。

这么晚了还在等我？他心里暗暗觉得好笑。你单语桐是我的对手吗？你也想折磨我，让我生不如死？”这都是白鸣毫不质疑的内心独白。他心急如焚地赶过来，就因为单语桐窗前的一盏灯，让他内心涟漪不已。那一盏幽暗的光，照进了他内心最阴暗的角落，他想冲上去，用身体教训这个假想敌，像多少个被他蹂躏过的早晨一样，在逆光的房间里，眼中只有她身上的疤痕。

为什么每次想起她，都是这样的场景？他猛然想到许柏舟提到的曼珠沙华花精油？他回想起再次重逢的那些个夜晚，他才意识到身体的变化，好像是有那么一点不受控制，转念一想，又极其微弱，他舒了口气，第一次露出无可奈何的表情，“她不会这么对我的”这是白鸣的深信不疑。

他面对罗晓熙是反感的，面对岳父是轻蔑的深藏不露的。白鸣的内心世界是纷扰的杂乱的，也是简单的直白的。他很难动情，他这辈子最动情的眼泪，都流干在那个四下无人的街道，边跑边寻找着妹妹的踪影。而，现在，单语桐，他是戒不掉的，那是一剂无味的毒药，直抵五脏六腑……

月渐渐泛白，天亮了。

单语桐一夜没睡好，因为白鸣没有来，他从来都是说到做到的人，这一次却在意料之外。她有些百无聊赖，起床给自己倒了一杯新鲜橙汁，定了定神，等着她的未婚夫来接她去选婚纱。她有一丝得意，他见证了自己被求婚的那一刻，不管当时自己的内心是忐忑还是徘徊，至少他见证了自己的“幸福始末”。这一丝得意，好像快感一样，当她追忆起当年白鸣和罗晓熙的往事时，来得愈加猛烈……

那年毕业季，白鸣和单语桐彻底分道扬镳，理由很简单，白鸣要大张旗鼓地把罗晓熙娶回家。对于单语桐来说，白鸣的纠缠似乎可以告一段落，不过她的噩梦才刚刚开始。罗晓熙陶醉在白鸣热烈的追求之下，她深爱这个才华横溢的男人，也对他信誓旦旦的诺言深信不疑，在她想要献身的那一天，白鸣意外地求了婚。听上去这样的情节只会存在于美丽的传言里，事实上，童话果然都是蛊惑人心的，尤其对罗晓熙来说，好像做了一场未完待续的春梦。

毕业相片冲印出来，全年级同学人手一份。人群中，白鸣紧紧挨着罗晓熙，两个既是同窗又是恋人的关系，从那两张相似的笑脸中，已无须证明。右下角的角落里站着一脸严肃的单语桐，昂起下巴的她显得心事重重，骄傲却更显孤独。

孤独在心上，也许只是一时的波痕，总有散去的一天；孤独在身，又遭逢那场大雨，真是老天又在她自以为是的悲壮上涂抹了一层凄厉。一边是白鸣迎娶罗晓熙，在整座城市最高端的酒店顶楼，高朋满座，除了同学，还有她位高权重的爸爸的同人。白鸣赚足了面子，也拿到了他一早盘算的好处——安置户口。这个吃百家饭长大的苦孩子终于大婚，也终于第一次见识到了满眼的诱惑。另一边是单语桐，她在一架产床上，声嘶力竭地放弃了她孤傲的伪装，她在替白鸣受刑，一刀刀地割裂着她对他的初心。

“都不喜欢？”许柏舟带着单语桐去婚纱店选婚纱，在店员热情的介绍下，单语桐看着琳琅满目的各式婚纱，打破了回忆。

“没有，只是小说写不下去，心里有点烦。”单语桐并没有找托词，她最近的确遇到了创作瓶颈。小说越往下写，她就越难落笔，不管怎么写，都觉得心里莫名被一块大石头压着，喘不上气来。

“不如说给我听听，我没准可以给你出个主意？”许柏舟毛遂自荐。

“关于女主角肚子里的孩子，我不知道怎么设置比较出彩……”

“夫妻是缘，子女是债，既然注定是孽缘，不如残忍地了断。”许柏舟认真地思索着。

“纵火吧。”

许柏舟的话听起来似乎也没有什么问题，但单语桐总觉得心里不安。

晚上睡前，单语桐靠在床头看书，许柏舟洗完澡从浴室出来。

“柏舟，我有个问题想问你。”单语桐还是没忍住。

“什么问题？”许柏舟躺到单语桐身边。

“你是不是不喜欢小孩子啊？”

“你怎么会这么想？”许柏舟显得一副莫名其妙的样子。

“因为……”单语桐不知该从何说起。

“因为我帮你设计的桥段？”许柏舟似乎很了解她的心理，有种不用开口的默契，就好像第一次见面那种很难言说的似曾相识感。单语桐不置可否地看了他一眼，这一眼里带着一点对他的质疑。许柏舟把她揽入臂弯，突然感性地说起了童年。

之所以白鸣和许柏舟成了拜把子兄弟，除了性情相投，还有一个原因——家庭背景。白鸣和他妹妹是孤儿，许柏舟是单亲，他这辈子从来没喊过一声“妈”。许柏舟出生不足满月时，母亲便不辞而别，远走他乡。镇上的流言，就像雨季的来临一样，连绵悠长，他是在冷眼旁观的质疑声和当人一面背人一面的嘲弄中长大的。他的确不太喜欢孩子，与生俱来的疏离。

“柏舟……”单语桐听着他的诉说，突然怜爱之心渐起，搂紧了他一些。

“我怎么没发现你下巴有个疤啊？”单语桐边听着他的诉说，边用手指轻轻地划过许柏舟的脸庞，手指最终停在他的下巴上。

“哈哈，小时候打架打的，那次是因为隔壁老谢家的儿子说我是野种。”

“在想什么呢？”见她怅然若失，许柏舟轻轻抚摸着单语桐的头发。

“我一定会让你幸福的。”单语桐像是对许柏舟说，也好像是在对自己说。

“我相信，有你在我身边，就是最幸福的。”许柏舟说着甜言蜜语，望着天花板的眼神却犀利冷峻。

淡烟软玉，梨花海棠，记忆中你眉眼如黛，

一别如斯，还想下次相见如何，

却未料这一转头，就错了今生。

再次相遇，偏偏不能再接近，

你在花间落寞自怜，

我在地狱放肆猖獗。

相爱太难，辗转今生后世，仍意难平，

多情，终究轮回成绝情，

你我，是彼此逃不开的一场劫难。

斑驳的留声机，传出颇古典情怀的曲子。

许柏舟骨子里非常古典，从他第一次约会单语桐的那家餐厅就能看出他内心的情怀。这情怀里多了一点绵柔，少了一丝刚毅。好像江南水乡的桥，随处可见，依桥傍水，应和着水上人家的袅袅炊烟，像一幅画。桥是把画串联起来的，像是遥望着彼岸的秋波，动了绵柔的凡心，又缺了一丝刚毅的舍离。

单语桐不算美，却脱俗，气息里带着一种不食人间烟火的飘逸，眉宇间也若隐若现了些英气，男人看了便想要征服和抓住。当看透了世间的暧昧，不过是一个冷血的猎手，在丛林间不期然地撞见一只眼里充满灵性的麋鹿，猎手放下了枪也放过了它，却又会在下一次的狩猎，时不时地追踪它的身影。

许柏舟没有告诉过她，第一眼，就深深得被她吸引，那种似曾相识的对望，望穿了他的眼，也望穿了他的心……

“哪淘来的老物件？”单语桐摆弄着那台留声机问道。

“周末去旧货市场，一眼相中就买回来了。”

突然曲子中断，留声机里传出尖利的声响，好像欲要刺穿耳膜一般。许柏舟赶紧挪开了留声机的唱针，音乐戛然而止。单语桐内心有一点被惊吓的恐慌，她觉得这是被突如其来的噪音惊吓到的结果，于是内心惴惴不安地走出了书房。

“老物件了，多少有点问题，不过这才有年代怀旧感。没准当年这台留声机被哪个大户人家所用。我很相信第一眼的直觉，这不才非要抱回家。”许柏舟带上书房门，跟了出来。

单语桐想回应些什么，欲言又止。她毫无缘由地抗拒那台留声机，她用微笑勉强应和着许柏舟的欢喜。她不是怀旧的人，在她生命中出现的人和事，不出意外，当某一天消失在交集里时，便会被她忘得一干二净。她戏谑自己“大概孟婆汤喝太多的缘故”，只有白鸣让她欲罢不能，想挣脱的心一次比一次强烈，却一次又一次沦陷成泥沼。留声机摆在书房的暗角，被许柏舟用一块布遮蔽起来，她不愿走近它，有时写作到一半时，偶然回头撞见，又有一种把布掀开的冲动。

单语桐逃避着内心的恐惧，又要揭开伤疤看看。容易遗忘的人，硬要逼自己记住一些“需要刻意”记住的事情时，总会故意消遣自己。明明她不喜欢这台留声机，明明她恨白鸣，还是不由自主地去品味那种令人心里发冷的气息，在某一个晨曦流转的阳光下。

许柏舟对这台留声机挚爱得不得了，他经常在午夜梦回时，推开门，静静地抚摸它，好像在找寻当年的记忆，他常常酗酒到后半夜，这是单语桐不知情的。许柏舟从没想过自己会爱上谁，他早已经忘记了爱的滋味。在这个偌大的世界上，真的会有一个人真心实意地与自己做伴吗？许柏舟在看到单语桐时，认真地想过这个问题，曾几何时，他几乎认定单语桐就是上苍派来解救自己的人，这个女孩能驱散自己内心的阴霾。在认定了单语桐就是自己携手一生的爱人的那段时间里，许柏舟觉得自己是那么接近“幸福”，许久以来，他从不觉得被幸福眷顾过，一直在冰冷中挣扎的自己，竟然也能够触摸到幸福的温度。

在那段睡着都会笑醒的日子，许柏舟体验到了原来被人爱，和爱一个人是这般美好。但很可惜，老天不肯给他这个善终的机会。他聪明睿智，却不懂求而不得的人，并非对方的绝情，往往是自己偏执的幻想。

他的左手边，有几间孤零零的农家院子，看起来久未住人，门前的苔藓绿油油的长了一大片。靠近院里的一栋房子吸引了许柏舟的注意力，那间院子看起来和别的房子都不同，院门虽然紧锁，门板也陈旧，但门栏上的雕花很是讲究，从门缝向里望去，坐落的两层小楼也不同平常，样式别致，很有几分雅意。

“喂，干吗的？”突然一个苍老的声音在许柏舟身后响起。

“那个……”许柏舟仓皇回头被吓了一跳，只见一个带着遮耳帽，穿着臃肿棉衣的老头，警惕地望着自己。

“我路过这里，就……”许柏舟看了看老头，像是这附近的居民，便向他打听道：“请问，这间院子的主人……”

“这是个废弃的房子，没人住。”老人言简意赅。

看到许柏舟惊讶的眼神，老人示意许柏舟走近一些：“以前，这里住了一个退休的教授，但是没过两年，教授就突然去世了。家人随后也纷纷离开了这里，据说是出国了，这房子就空了下来。后来，这房子就再也没有人住过，因为……”

老人欲言又止地冲许柏舟神秘地笑了笑，走开了。许柏舟看着老人离开的身影，不明白老人为什么只说了一半，看他神神叨叨的样子，也不想追问。他转去房子的后身，爬墙虎已经布满了整个窗口，“需要修剪一下了。”许柏舟心里想着，他兀自登上了窗台，向房间里望去，屋内的灰尘有点大，台阶和地板因磨损的关系，有点露漆，没什么大碍，粉刷一下便好。他从窗台跳下来的时候，踩在有些黏腻的地上，差点滑了一跤，他从脚下的土里扣出一块破铜烂铁，拂去陈年的泥巴，隐约能看到上写——“青庭路81号”。

回到家后的几天里，许柏舟脑海里挥之不去的，都是那所房子的影子，就连夜里，半梦半醒间，也会闪过那间房子的样子——斑驳的台阶，隐约可见的棕红色漆，房主留下一台钢琴，他想把那台留声机放在它对面，地下室可以用来做酒窖……他在心里盘算了很久，最终许柏舟决定卖掉自己在城里的房子，去城郊居住。

再次回到小院已经是次日的下午，阳光正暖，那个神神叨叨的老人正在椅子上晒太阳，他听说这个年轻人执意要搬来这里居住，猛然坐起来，瞪着他。

“你想好了？”

“郊区空气好，寻找写作灵感。”

“灵感？”老人诡秘的眼神里充斥着一丝不屑。

老人沉默片刻，用干枯的手指夹起一根烟，却久久不点燃：“这里找不到你要的灵感。”

“我今天来就是想问问，如果我想买那座房子，应该找谁，别的事情，你就不用多管了。”许柏舟不想和这个神经质的老头多废话。

老头沉默半晌，只留下一句：“你一定会后悔的。”

许柏舟转身离去，也只留下一句话：“这辈子还有什么值得我后悔的。”

周末的清晨，许柏舟给单语桐剥了一个鸡蛋，放进了单语桐面前的碗碟中。

“下午有事吗？陪我去一个地方？”

“去哪儿？”单语桐看到许柏舟嘴角扬起，脸上竟然浮现出难得一见的幸福表情。在很久之后，单语桐回想起那个早上，她还是笃定地认为，当时的许柏舟是真心实意地想要给自己幸福的。

“下午你就知道了。”许柏舟卖了个关子。

一路开车向城郊驶去，单语桐坐在副驾驶上看着窗外的景致，专心开车的许柏舟时不时地瞟一眼单语桐。自从第一眼见到这个女孩，他的心就好像被某种柔软的东西填满了，长久以来的寂寞和孤冷，都在这个女孩浅浅的一笑中弥散开来。

许柏舟的车停在青庭路81号教授小楼，许柏舟指着半大不小的院子说："你不是喜欢花花草草吗？我打算过几天种一些花，文思枯竭时，推开窗，满眼花海……怎么样？"

单语桐乖巧地笑了起来。

在老头的牵线下，许柏舟将一笔很少的费用交给了这栋房子主人的外甥，就顺利地成为了81号的新主人。站在自己的新房子里打量四周，许柏舟心里莫名涌起一阵温馨之情，他开始规划预先安排好的布置。

"二楼是我们的卧室和工作间，我知道你写作的时候不喜欢被打扰，所以靠里的那间屋子，我单独留给了你，你可以将它布置成你想要的样子，对了，还有院子里的花圃我也弄好了，我还支起了葡萄架和秋千，你不是说过最喜欢在夏风吹起的时候，坐在葡萄架下荡秋千吗……这个周末叫几个朋友过来暖房。"

许柏舟滔滔不绝地描绘着他们婚后的生活，憧憬中的画面就像是童话里的情节。单语桐放心地依靠在许柏舟肩头。冬日的阳光温暖的洒进这间屋子，驱散了一些冰冷。这样的生活，似乎完全满足了单语桐的期待。她内心长久的折磨，看上去似乎可以告一段落。抓紧许柏舟的手，才是逃离过去最好的方式。单语桐无疑是懦弱的，懦弱到无法与内心的恐惧和欲望抗衡，她需要眼前这个男人带她逃离梦魇，迎接阳光，揪心的感觉便会慢慢地消亡在时间里。

许柏舟对单语桐的温柔，无动于衷，他只是在做他该做的事。

之后，单语桐搬到了新家。

一早她起身走到阳台，看到许柏舟正在给院子的花圃除草，“早。”单语桐挥手向楼下的许柏舟打招呼。

许柏舟弯着腰，用侧脸面对着她，举起手里的花：“语桐，你看美吗？”

不知为什么，这幅景象好像之前见到过似的，令单语桐一时愣住语塞。那种熟悉又陌生的感觉，好像一场宿命的轮回，眼前的一切真实又虚缈。

“发什么呆？”许柏舟走上楼，将鲜花插进花瓶中。

“没，没事，”回过神来的单语桐留意到了院子里的花，“这是……”

“曼珠沙华，好不容易找到的种子。”

“这就是曼珠沙华？”她曾在许柏舟的电脑记录中看到过这个传说，受到了启发，所以在自己的小说中提到了“曼珠沙华”——一种开放在幽冥忘川彼岸的花朵，据说只存在于传说里，带着破败和残缺的气息，呼应了小说主人公悲惨的命运，“曼珠沙华”凄美的传说，让她着迷，于是做了小说的楔子。

“就是你小说中提到的花，太难找了，好在我本事够大。”许柏舟憨笑的嘴角，也无法掩饰他若有所思地偷瞄单语桐的眼神，带着试探的意味，冰冷而病态。

一段感情的悲哀，在于我们曾如此强烈地吸引与亲密，却始终无法同步。它们就像两颗行走速度极快的行星，将彼此瞬间拉近，又瞬间崩裂成陨石，坠落成人间的悲剧。

单语桐对这种无奈是有体会的，她自欺欺人地把悲剧营造成凄美，写在了伊始：

关于曼珠沙华有一个美丽的传说：混沌之初，万物伊始，有两个精灵守护着曼珠沙华，一个精灵是花精灵，叫作曼珠，一个精灵是叶精灵，叫作沙华。他们共同守护着曼珠沙华，却从未见过面。

因为花开的时候，叶败，叶开的时候，花败。花叶相依相伴，却两不相见，生生世世交相错过。不堪忍受思念之苦的两个精灵，终于决定违背上天，偷偷相见。

于是，那一年的曼珠沙华开放得特别美丽妖艳，花叶两相陪衬，简直是世间少有之美。但此事被天上神明得知，怪罪了下来，将这两个精灵打入了轮回之中，并且诅咒他们永远不能在一起，即便相见也不能相爱。就好像彼岸望着此岸，看似近在咫尺，却是横亘天涯，不能触及。

佛说彼岸，乃无生无死，无苦无悲，无欲无求之地。曼珠沙华就是要人忘记情爱相思，一生无所欲求。

最近许柏舟和白鸣来往得更密切了，尤其是暖房聚会之后。许柏舟眼下在做几笔进出口的买卖，用了白鸣货运的渠道。单语桐对此事略知一二，只是无意中发现许柏舟的抽屉里放满了各种白鸣公司的运货发票单据，签收人是许柏舟，地址又都是从东南亚某地发出。这让她十分不解，许柏舟的确比之前忙了，一周免不了三四天的喝酒应酬，她几次想开口询问内心的疑惑，当看到满身酒气的许柏舟回到家，抱着自己说“我总要多赚点，把你喂胖”的时候，她把一肚子的质疑都生生咽了回去。

她思量着这件事十有八九，白鸣是知道底细的。不过她不想问，也不会问，这是一个对危险没有防备的女人。确切地说，她根本不知道危险在哪里？

今晚，夜深，许柏舟回到家，推开卧室的门，单语桐已经睡了，他把被子上被她看了一半的书合起来放好，便悄悄走出了卧室。当他走下楼梯时，单语桐才睁开了假寐的眼，就这样，听着他的脚步声渐渐地消失在台阶上。

许柏舟拉开了地下室的门，这里是他原先就收拾好的酒窖，房间四周摆满了各式各样的葡萄酒。再往里走，他拉开了另一扇更小的房门，钻了进去。这里的钥匙，只有他一个人才有，他开始娴熟地摆弄柜子里的瓶瓶罐罐，有直管的弯管的，带漏斗的带滤网的，大针孔的小细孔的，瞬间摆满了一整个桌面。

单语桐的小说，渐入佳境。她对公司谎称身体不适，在家休假，她想把小说的结尾捋顺，一人躲个清闲。

——村长家里什么吃的都有，我一边往嘴里塞馒头，一边问：“信呢，信呢，咳咳……”馒头噎得我的食道快要爆炸了。

“给。”村长果然没有骗我，是暮远的信，信上说他在一次战争中救了司令的命，然后被提拔成副官了。我一边吃，一边看，吭哧吭哧地笑，馒头渣喷了一桌子。村长心疼地捡起来放到自己嘴里：“这可使不得，不要浪费呀，不要浪费。”他絮絮叨叨地捡着馒头渣直往嘴里塞。

馒头真好吃，我舔舔嘴巴，站起来向村长道谢，却觉得有点晕，周围的摆设开始旋转，黑压压地向我压来。倒地的一瞬间，我看到村长露着黑牙的嘴巴凑了上来。

醒来的时候，天已经黑了，我全身赤裸，衣服被扔在地上，村长正趴在我身上，浑身是汗。我只觉得下身很疼，撕裂般的疼痛，他见我醒来，更使劲地压我，“你不是爱吃馒头吗，给你馒头，你给我吃，吃完了和我干。”他往我嘴里塞着馒头，继续在我身上起伏着，一根硬硬的东西抵向我的深处，我却毫无力气反抗，嘴里全是馒头屑。浑身无力的我，心里却想能有一把利刃，亲手了断这个压在我身上的虚伪男人。

一直把我折腾了好几个时辰，村长才心满意足地把衣服扔给我："晚晴啊，以后跟着我，保你有好日子过。"

我没作声，把桌上剩下的那些馒头都塞进了怀里，村长点起了旱烟袋，笑着说："都拿去，都拿去，吃饱了，吃胖些，才好看。"

从村长家出来，已经后半夜了，我没有回家，踏上了出村的路，有了馒头，还有暮远信里的地址，我就可以见到朝思暮想的暮远了。

沿途全是死人和将死之人，我将馒头藏在怀里，不敢让他们看到，饿极了的人，什么事情都能做得出。

单语桐不由自主地写了诸多女主角被强暴的情节，体内突然出现一点儿奇怪的变化。为了缓解这种感觉，她走去了地下室，拿出了一瓶红酒，说是缓解一下压力，连续两杯下肚，食道里满是灼热。她转身走进许柏舟的书房，铺展在留声机上的布被一把拽了下来，单语桐走近了一点，把唱针推好，音乐灵动地响起……

她想起了和白鸣的大学时光，那座时常一同走过的桥，面对面坐着傻笑的图书馆，他学生证上放荡不羁的脸，还有那些个不可回避无处可逃的夜晚，那是爱恨交织的挣扎岁月……她起身下楼，来到花园，她轻抚着那些怒放的花朵，那样的红，犹如烈火，映衬在她的眼眸深处，然后，逐渐再暗淡下去，变成一片破败的颜色。

它是被下过诅咒的，让人无法靠近的灵魂。

在这个房间最隐秘的角落里，也有一个红点在闪动着。

这几天，许柏舟忙着“出差”，他居住在离家五百米外的酒店内，他躺在床上打开了笔记本电脑，一幕幕的春光，真是有些低级趣味……屏幕传感器里出现的是白鸣索命一样让人窒息的吻，喝的满脸通红的单语桐疯狂地回应着他，她今天表现得太让人意外，出其不意的浪荡形骸，她的确有不为人知的一面，一个表里不一的荡妇，伪装成良家妇女的模样，她不要再做“受害者”，哪怕明天就接近死亡。当两个人拥吻到一起时，谁也想不起是谁先主动的，在空无一物，满地狼藉的屋里，两个人好像世界末日前夕的绝望情侣，不停地撞击对方的身体，他们竭力让彼此疼痛，好像这样才能得到救赎。

许柏舟看了他不想看的，也不该看的。然而，他还是从春梦里惊醒，蛰伏了太久，到了该醒的时刻……一张白鸣电脑里的毕业照，一早让他心生了疑窦。

房间内的情形，风平浪静了下来。耗尽热情的两个人彼此对望着，两个人都从对方的眼神中看到了多年前的一幕幕，那些笑过，痛过的画面，好像过山车一样在他们脑海中越过，白鸣渐渐地耷拉下眼皮，他感到前所未有的疲惫，朦胧中他看见月影花影和人影，妹妹还是那样娇小，死都不松开抓着自己的手。单语桐看着白鸣就这样睡去，她莫名感到不妙，几个月不见，他的头发开始斑秃，皮肤暗黄的严重，伴随着老年人才有的斑迹……

许柏舟关上屏幕，随即拨打了一通电话。

他是一个思维缜密，逻辑强悍的“侦探”。他的心理素质，完全能承受得起“谎言与背叛”的真相——“毕业照上的三个人……”

“听说他住院了？生了什么病？”许柏舟关切地问着。

“你的未婚妻昨天来探望过了。”一个端庄的女人回答着。

“哦？”

“你恨她吗？”许柏舟直勾勾地望着对面的女人。

“我们是相识，你就不必明知故问了。”女人喝了一口果汁。

“你看过我放在桌上的笔记？暖房聚会那天。”许柏舟毫不客气地臆断着。

“我只想离婚，不付出任何代价。”端庄女人冷冰冰地说道。

“××大学99级，应用化学硕士学位罗晓熙，平均成绩93%，高才生果然非同凡响。”许柏舟神经质般地边说边拍起了手。

“你总要理解‘同是天涯沦落人’的道理。”许柏舟已经从她的对面坐到了她的旁边。

许柏舟没有去探望白鸣，也没有问单语桐是否去过。单语桐最近心神不定，前几日，她看望过白鸣，半个月没见，他已经躺在床榻上，双目微睁，衰弱的很。她并没有久留，转身出了医院，居然松了一口气，她该是悲伤的，却一脸如释重负。

这一切，在她走出病房门的一刻，都被罗晓熙尽收了眼底。

罗晓熙推开了许柏舟办公室的门，许柏舟快速地将跷在办公桌上的腿收回来，随即合上了正在翻查的文件。

“晓熙，那批货还在口岸，这次得劳烦你爸了。”

“明天下午，你去码头验货。”罗晓熙顺势坐在了许柏舟的腿上。

“最近不用照顾白鸣吗？”许柏舟低头吻了她的脖颈。

“我撞见了你的未婚妻，她慌慌张张的，像做了什么偷鸡摸狗的事。”罗晓熙不正面作答，抬起一只手搂紧了许柏舟的肩膀。

“柏舟，我们不要扫兴了。”

许柏舟的小说，原先并未设定名字，他想不出来，他总笑称自己是“说书的”，他喜欢讲故事，字字珠玑，让人心生崇拜。曾经，他也是学校里的风云人物，他心里明白，女人爱慕他的翩翩风度，写的一手娟秀的好字，好一双妙手，可以让你动情，让你痴心，为了他肝肠寸断，至死不渝。

这一双手，正在灯光下摆弄着各种器皿，这一次他戴上了隔离防护措施非常好的手套和一次性过滤面罩。油性的液体通过漏斗流入经过改装的曲颈瓶，等待着温度计高温的指示灯亮起，许柏舟的“酒窖”里真是别有洞天。

秋天来了，瑟瑟秋风刮满了一地落叶。许柏舟家的院子里的花圃也是一副破败的模样，那些花，破败的连叶都不剩……许柏舟打开留声机，就这样静静地坐着，像一副半成品的雕塑，忘记刻上了眉眼，也就显不出神态，也忘了雕上服饰，赤裸裸的原始气息，蔓延在整个房间。

时针滴滴答答，走过了三个钟头。

秋风的凉意敲醒了冬天的前奏……

房间内弥漫着怡人的香气，高温指示灯亮起，他双眼紧盯着分离器，当浓稠的油性液体穿过导管后，他立刻小心翼翼地在分离器前段加装了经过改造的高密度小型滤网……极致浓郁的液体被轻易地吸进了那支有着情怀的“定情物”的钢笔内。

他走进卧房，单语桐的手摆在键盘上，人却睡着了。她最近太累了，小说该写到主人公抉择爱情的时候，这也是她的硬伤。听见开门的声响，她看见了许柏舟的面容，模模糊糊的……

“你回来了？”

“写不下去就放放。你总要和自己的内心和解，才能了解如何接纳别人。”

“我建议你多出去走走，少用电脑，想起什么就写下来，似乎对你有好处。”许柏舟继续建议着。

“好，就听你的。”

许柏舟宠溺地轻吻了单语桐的额头，起身从酒柜里拿出一瓶红酒，倒了两杯，“喝一杯吧，好好睡一觉，明天灵感自然会来的。”

单语桐顺势饮下红酒，不一会儿就觉得脑子发晕：“我怎么醉了，才喝了一小杯。”

许柏舟轻轻褪去单语桐的衣衫：“你只是太累了。”

她不由自主地迎合着许柏舟的吻，一时间，丢却了曾经对他的虚张声势。她想他是对的，如果无法与内心的自己和解，又如何去接纳。单语桐感到前所未有的放松，她彻底打碎了那轻如蝉翼的心防，伴随着生理的律动，带着朝不保夕的渴求，一点点沦陷……

“柏舟，不要离开我。”

“你前世也是这样说的。”

这句话，像等了一个世纪那样久……

空悠悠的书房里，还残存着原始的印记，它在等待春华秋实，花开花败。窗户半开着，被枝桠别住了合页，秋风笔直地吹进书房，桌面的纸张肆意地飞舞起来，旋转了半圈后紧紧地贴在了电脑屏幕上，无情的秋风遮住了这一幕幕春光。许柏舟的情怀，轻易地被一只钢笔勾起，那支笔中的“墨水”，在一夜之间就少了一半……

留声机的唱针还在滑动着唱盘，像刻在心上的伤痕，变成永恒的记忆，那首未完待续的词，出自许柏舟那一双好手：

非命

终于到了无法面对的时刻
你我都没有眼泪
离别是唯一对的决定
我却忍不住偷偷让泪决堤
正如一场躲不过的大雨
站在雨中，分不清水的来龙去脉

是一场宿醉、还是躲不掉的非命
初见时，像极了危险游戏
是一场诗意、还是天注定的非命
吻你时，诱惑到致命
是一场凄凉、还是醒不了的非命
泪流时，过往的尘埃落定

初见你，我暗送过一个有内容的眼神
重遇我，你再也无法撇清前世的记忆

最动人的默契，是你懂我的狼狈

最摄人的体贴，是我无言的疲惫
曼珠沙华的香，是你拈来的诱惑
灰飞烟灭的痛，是我注定的劫难

是一场宿醉、还是躲不掉的非命
初见时，像极了危险游戏
是一场诗意、还是天注定的非命
吻你时，诱惑到致命
是一场凄凉、还是醒不了的非命
泪流时，兑现前世的约定

还是到了无法面对的时刻
你我都没有眼泪
正如一场躲不过的大雨
站在雨中，分不清水的来龙去脉
前世同生，今生共死

三天后，罗晓熙走进医院的停尸间，看望了白鸣最后一眼。

尸检报告：死于非命……

登对

那天出现在机场，一只手悬在半空，像是在人群中寻找，另一只手接起电话，就在一个转瞬回眸的瞬间，发现了要找的人。

气氛突然熟悉，又陌生。

世界上，任何一种相遇都有理由。却有一种类似“偶遇”的相遇，便是天意。

楔子

“还记得我们认识了多久吗？”

“四年前，那年元旦，哈哈。”回忆中突然失笑。

“当时觉得你非常讨人厌。”

“好吧，我突然喜欢上有些冒失又爱吃的女孩。”

……

“从没想过会这样了解彼此。”

“我不想从别人口中了解你。”

“我也是……”他闪动的眼睛，望向她。

仲夏夜时分，开着车顶棚吹风，两人说着有得没得，电台的歌，时而清雅，时而躁动。他随意拨弄着电台频道，随即传来了那首经典老歌“There Were Roses”，Cara Dillon梦呓般的声音，极具穿透力。

那晚，他们四目相对，一如初见；久违的拥吻，伴随着敞篷徐徐上行，而涌动。

1

靠近转角的那间酒吧——Loving Eyes。位于酒吧街最不起眼的地方，租金方面自然也优惠不少。小逸是这里的常客，他常常坐在13号桌，与老板Frank很是熟稔，当然，此桌也是“他人无法预订”的VIP。

这个周末，小逸带着新泡的妞来Loving Eyes，Frank给了他一个“尽在不言中”的眼神之后，招呼waiter开了他常点的酒，便不再打扰。

小逸醉眼迷离地望着新勾搭的小嫩模，满脸堆着不分真假的笑。的确，他长了一张很惹女人喜爱的面容：有曲线的脸型、浓重的眉毛、微微上翘的嘴、高耸的鼻梁，把整张脸点缀得十分立体。最要命的是他那时而迷离、时而犀利的眼神，对时下女孩子来说，极具杀伤力。

“你喜欢我什么？”小逸喜欢问这类明知故问的问题。

“我喜欢你够自私、够自我。”小嫩模舔舔有点发干的嘴唇。

“呵呵，我可以冷笑吗？”

“好像你多了解我一样，我提醒提醒你，三天！”小逸顺势比画出三根手指。

“三天，足够见面、接吻、上床，做一切情侣做不够的事情。”小嫩模丝毫没有女孩该有的娇羞，直截了当。

“我这人，最讨厌欺骗感情，先跟你打个招呼，我大概爱不上你。”小逸一脸玩世不恭，其实很欠抽，不过没几个女人看了真舍得出手，投胎的确是技术活。

“我也没想让你爱上我，就当玩玩咯，你不会这么out 吧”。

……

“嘿，你给我翻译翻译，loving eyes 怎么讲？”小逸绕开话题。

“情人眼？哈哈……”

“情人眼，那不就是‘钟情’咯？！”

借着胃里有点发酵的酒精，他直勾勾地盯着对面的小嫩模。这“钟情”的眼里，隐含着诸多内容。这一晚，他们做了一切情人做不够的事情……

三天前，他们在一场show里相识，以小逸的魅力，分分钟吸引几个小嫩模，还真不成问题。作为某时尚杂志摄影副总监的小逸，身边从不愁女人，可惜他从不承认会爱上谁，所以他便得出“更爱自己”的真理。

人，是矛盾的动物。心狠的人，偏偏慈眉善目；心软的人，偏要佯装坚强。而像小逸这种人，无非是见惯了女人带着牺牲般的献身，听惯了女人楚楚动人的情话，习惯了女人泪眼婆娑的死缠烂打。他不是爱不起，也不是爱无力，简单讲，就是爱不上。连他最好的哥们儿阿文都说他这是“人至贱则无敌”。

2

北京夏天的酒吧街，热闹喧嚣中带着一点暧昧的余温，三里屯酒吧街文化，属中西文化合璧，如今早不是当年三里屯的样子。女孩早也不是当年以挽着一个老外而分外妖娆的女孩儿。后海则主打中国风，雅俗共赏。后海它并不是一片海，而是一片湖，不大不小，刚好够情侣观景、游船、放烟花，再不然湖边就餐，伴着几盏忽明忽暗的蜡烛，映衬着彼此阴阳不调的脸。

Loving eyes 就位于后海酒吧文化街一隅，它的浪漫之处需要被发现，特别之处需要被体会，比如你从酒吧街一进来，经过几个大大小小人声鼎沸的场子之后，会看到一座桥，别小看这桥，宋代遗留产物，这历史年代感还真不是几块砖和着水泥能仿制的。绕过小桥，正对面就是Loving eyes，中式的大门和墙柱，有点仿旧的斑驳感。迈进门槛，内墙四周贴着四大才女的旧照片，泛黄做旧的旗袍古典照，内设古香古色的案桌案椅。这里没有蜡烛，一概用旧式台灯取代，灯绳悬挂在灯泡下方，随手便可自由切换明暗，影影绰绰或者黄光微醺，一切舒适的刚好……

Frank，人称老范，loving eyes 的老板。三年前辞去投行的工作，从朋友手里把店盘下来。他曾只身一人来北京打拼，说不上身无分文那么惨烈，也是个一穷二白的小葱拌豆腐。他当年爱过几个女孩，也被几个女孩爱过，最让他难以忘怀的，无非是那个陪他一起睡过地下室、压过大马路、啃过硬面包、一起吃过苦的欧阳倩。她其实挺美的，尤其是那股子跟定你，爱特么谁谁的模样，美极了。

当老范还是小范的时候，当满脸络腮胡还未爬上脸庞的时候，当欧阳倩还不是他女友的时候，他曾在加拿大成功地混到本科文凭，一张纸，换来父母半辈子操劳不说，也换走他爸的官职。当年为了给老范多赚几个“福利费”，一咬牙一跺脚，官商勾结着签订了地皮开发协议，孰料，开发商强行拆房，打伤钉子户，“买卖”就此阴沟翻船。老范他爸在一片非议声中走上了法庭被罢免了官职。好在，他也算争气，带着一脸愤世嫉俗，外加几块干粮，来北京闯荡。

起初在投行的工作，忙得天旋地转，虽然工资可观，就是太疲累。持续的加班加点，飞机上补充睡眠，下了飞机潦草地整理一下倦容，立刻切换职业化的笑容，晚上觥筹交错、刀光剑影。这不是他喜欢的生活，于是一个心情抑郁，病倒在榻，在病床上的老范，睡了一礼拜好觉，突然悟出了自己的人生真谛——第一步：辞职；第二步：散心；第三步：谈个恋爱。

男人，最难以忘情的是陪自己落魄过的女人，那是一种如男人般恩重如山的情义。欧阳倩就在这种机缘巧合下出现，爱的最初，痴缠，越是最难的日子越能一起捱过。当年，他们爱的纯粹又叛逆，在众人都不看好的情况下，反而激发出他们誓死在一起的决心。之后，这种感觉越来越淡，直到分道扬镳，只剩追忆。

小逸喜欢调侃老范，没事找事就旧事重提，好在老范心宽体胖，宅心仁厚，不和这个小白脸计较。

“老范，今年你可三十三了，钻石王老五当几年了？”

“矫情这事放你身上挺腻歪的，你直接问我光棍打几年不得了。”

“欧阳倩！让你记到现在！”小逸指着老范的鼻子一字一顿地说。

“嘿，你知道她当年特胖吗？刚认识我那会儿。”老范也在旧事重提。

“呦，是吗？最后怎么苗条成那样，还跑去做空姐了？”

“我是一养尊处优的主儿，用你们北京话说叫‘爷’。包括出国混那几年。你自己想去吧，我最落魄的时候，和欧阳倩能为一盒排骨饭吵起来。”老范说着点上一支烟。

“逼你减肥？断你余粮。”

“她推给我的时候，我说我最讨厌吃排骨饭。”

“你投行混那几年，积蓄都干吗去了？”

“我爸那事还没结案，外债。”

3

合众广告公司的展示厅，五六个靓丽的模特，正搔首弄姿地面朝四面八方伸来的长枪短炮，被灯光师、摄影师包围成了一圈。为了拍摄效果，几个摄影师干脆“五体投地”般扑倒在地。然而，坐在一旁看样片的小逸依旧没展现过一丝笑脸。

“黄金分割点，0.618的位置，你是专业的吗？”

“总监，很难抓这个动态图。”一个刚从地上爬起来的摄影师说道。

“所以呢，你觉得我再给你请几个合眼缘的模特？还是你来当总监？”小逸不太讨同性喜欢。

“OK，我继续！”灰头土脸的摄影师悻悻地说。

广告公司这个行业非常特殊，特殊到没有白天黑夜之分，没有平时周末之分，更不存在内行或外行之分。换句话说，广告公司依靠着各行各业来赚钱，它们是依附关系，但又不纯粹。

阿文站在一旁观战，他见怪不怪小逸这种态度，半晌他耸耸肩走到小逸身旁说：“拍完这组，跟你说点事儿。”

小逸起身走到大厅转角，工作中的他，有着让女人着迷的另一面：深邃的眼神、挑剔的审美，甚至近乎刻薄的认真……

“这帮孙子，一点儿不认真。”点上一支烟的小逸，还沉浸在刚刚的不适中。

“逸子，回回神儿，机场那边又联系我，那个宣传片怎么着？你接不接？”

“哦，对了，还有这么个事。欧阳倩和佚楠在那家公司吧。”小逸突然一拍脑壳。

“你别老提女人，说正经事，我可回复了，下月月中、策划案明天E-mail你。”

“哈哈，没问题，晚上没事去老范哪儿喝一杯。不说了，我先盯着这帮孙子干活。”小逸按灭烟头，有一句没一句地应着。

周末Loving Eyes人声鼎沸，与往日不同的是，今日到访一位稀客。

欧阳倩坐在阿文身旁，老范忙前忙后，好不容易空闲，大大方方地走到13号桌。老范看着欧阳倩，眼神里有种难以名状的悲伤。三年前的秋天，欧阳倩一脸决绝，极度愤慨地拿着行李出门，在出租车后座，眼泪决堤。人的眼泪，因幸福而流，多半是水，无色无味；因悲伤而流，多半是盐，苦涩到难以名状。那一天，她狼狈到根本无法抑制眼泪的生成和去向，咸到嘴边，又涩到心底。

“老范，我可无意冒犯，我找欧阳倩是公事。”阿文笑眯眯地说道。

“你们聊着，小逸什么时候来？”老范下意识地又看看欧阳倩。

Loving Eyes里放着古典乐，吧台前的液晶电视正播着王家卫的《花样年华》，从里面弱弱地传来那句经典台词：“我也没有想过，我以前只是想知道，他们到底是怎么开始的。现在我知道了，很多事情不知不觉就来了……”

老范的bar很受小资追捧，要不就是有着古典情节的老小资，他们热衷这种氛围。有热恋情侣，制造浪漫的；有暧昧情人，似有若无对望的；有独自一人，凭吊伤感的；还有小逸这种，伪装小资，号称“大尾巴狼”的。

“不好意思，不好意思，今天有点堵车，来晚了，今天我坐庄，都别抢。”一脸风尘仆仆赶来的小逸匆忙招呼waiter开了一瓶酒，便一屁股坐在欧阳倩身边。

“哟，好久不见，又苗条了，你们空姐是不是都饥一顿饱一顿的。”据说小逸这种调侃，备受女人喜爱。

“去你的，说正事。”欧阳倩直截了当地噎了他一句。

秋天，在无数次同样的争吵中，欧阳倩毅然决然地离开了她深爱的老范。同年春节，欧阳倩回重庆，面对父母对老范的追问，她装出一个非常逼真的笑脸，“这些东西都是他买的。”她指着地上堆成了山的大包小包。傍晚，她在父母一片操心的唠叨声中，突然流泪了……

“怎么了？是不是在北京不开心？”母亲放下了手里的洗菜盆，惊讶地看着女儿。

“没，只是非常想你和爸。”她紧紧地搂着母亲的脖子，尽量让泪水停在眼眶里。

那一夜，她睡的异常安稳，即便又梦见了老范。

有时候，人受压的力度越大，反弹力也越大。幸好，时间可以消磨激情，也可以平复伤痕。

回北京后，她意外地在首都机场看到招聘空姐与地勤人员的启事，这让她正式认真考虑自己的前途，好在拥有青春，一切从现在开始都不晚。

“欧阳倩，你现在可以啊，小领导，说话口气都不一样了。下个月我带摄影组过去，你忘记我和阿文是黄金组合了，哈哈。”小逸敬了她一杯酒。

阿文和小逸的确曾是最佳拍档。他们大学毕业后，同时进入一家媒体公司，两位才华横溢的人，在某一次合作中，碰撞出“火花”。一时间，从同人变成知音，同事变成兄弟。彼此生活有了更多的交集，朋友资源都共享了。比如小逸的兄弟老范，又比如阿文的客户欧阳倩，甚至欧阳倩最好的闺密佚楠。

朋友之间的相处，靠机缘，也靠眼缘。类似发生爱情的道理——我也没有想过，我以前只是想知道，他们到底是怎么开始的。现在我知道了，很多事情不知不觉就来了……

阿文滔滔不绝地说着自己构思的宣传片的策划案，听上去非常出彩。其实他不用讲那么具体，小逸也能完全领会，这就是“默契”。况且合作多年，彼此用不着废话多说。他们更默契的还有另一件事，说来有点尴尬，但也算一拍即合。这件事关于阿文的发小——毛爷。

三个月前，小逸做了一次“临时演员”。毛爷是谁？——“我叫李君，君子的君。”这是他本人自我介绍的开场白。之所以喊他毛爷，是因为他浑身毛发浓重，尤其眉毛，远看像两道闪电，近看根根清晰，却与一张还算秀气的脸碰撞在了一起，形成了强烈的反差。皮肤的白皙，加上浓密毛发的黝黑，像极了毛爷的性格——黑白分明。

他有点儒雅，儒雅里有点清高，清高里也带点嚣张。于是，我们亲切的称他为“毛爷”。李君本身是位设计师，就因为清高的过头，“文人相轻”错了对象，被他轻视的领导，就轻松地把他开除了，理由是“与现实格格不入”。他就这样开启了回家补觉的模式，随之而来的就是应付替他操心过度的喋喋不休的父母。

紧要关头，赵小逸出现了……

4

毛爷家的客厅内，围坐着毛爷的父母。

阿文帮毛爷的妈妈在准备晚饭，毛爷在一旁帮他爸修理一台老式针孔照相机，被他爸一直挑剔做事不够精细。阿文瞥了一眼手表，随后咳嗽了一声之后，毛爷有了轻微的反应。

就在毛爷转身对望阿文的时间里，门铃响了。

毛爷他爸老李丝毫未动，戴着老花镜，继续精细地拧着相机外壳的螺丝，直到被毛爷的妈妈提醒，家里来了客人，这才回过神来，看看来者何人?

“李君住在这里吧？”

“你是？”老李摘下了老花镜。

小逸刚要开口自我介绍，就被阿文和李君推推搡搡进了屋。

“这就是我跟您提过的，回声传媒有限公司的视觉总监。”阿文抢先跟老李介绍了一番，省去了不少尴尬。

“哦……您好，您好，听说您看过小君的设计作品了，没想到今日登门，多有不周，请见谅。”老李开始客套上了，他年轻时也是一位文艺青年，写过诗，说话风格有着文人难以避免的迂回和周折。总之他是期待的，期待着自己的儿子能被赏识，而不是像自己这辈子一样，在期待中磨平了激情，落空了理想。

“叔叔，请别客气，叫我小赵就好，我和阿文是兄弟，也是合作多年的搭档。我对他的眼光毫不质疑，我看了小君的作品，贸然来访，也请叔叔见谅。”在一旁的阿文绷着脸，憋住笑，没想到赵小逸对表演还颇有天赋，和老李一回地客套到了一起。

今天的晚餐，格外丰盛，只有老李丝毫没有察觉，他全部的心思，轻易的从一台照相机，转移到了赵小逸的身上。

“小君，你对摄影是外行，不过，我看了你设计的作品，关于视觉的把握，天分很高，我现在正缺一位摄影助理，所以我今天来找你。”

没等毛爷开口，老李就和小逸攀谈到了一起，他先是替毛爷万分感谢，随后替毛爷说了很多还需要多学习的恭维话。所有人，确切地说，除了老李外在座的人，都感到一阵心酸，他们都明白，即便平时老李挑剔惯了毛爷，心里的爱仍旧藏不住，也骗不了谁。

这顿饭吃的很顺畅，小逸很动容，这样的场面，只存在于自己的想象里，他对老李很谦恭，他听着老李有点较真的口吻，并不反感，随即也自报了家门——今年满三十三周岁，职业摄影师。

饭后，小逸把老李的针孔相机带走了，他答应老李能帮他修好。老李用一种特别信任的眼神目送他离开。送他出门的毛爷说了很多感谢的话，并且替老李的喋喋不休道歉。小逸摆弄着相机，听完毛爷的话，只回应了一句：“别客气，我挺喜欢老李，一点儿不烦，你要明白，他始终冲在你前面。”

其实，阿文之所以选择小逸，不无道理。除了是好兄弟以外，他眼中的小逸最大的优点是“不当真”，但有时也可以是缺点，比如“不入心”。在公司里他藐视笑面虎领导、无能小跟班；爱情里对女人很少动真心；只有在家里，他是认真的，入心的，孝顺的……阿文知道，他一定会喜欢上老李。

夜晚，完成任务的小逸，一路奔向邀约的餐厅。某位姑娘正等着这位才气公子，醉眼迷离地吃完这顿饭，再舒舒服服地去酒店度过浪漫后半夜，这种生活已持续了一段时间。起初他以为很满足，至少身体上；最近他越发觉得空虚，尤其夜深人静，“伴侣”陪在身旁，他却打心底里，开始莫名质疑：“她在这儿干吗？我又在这儿干吗？”

那一刻，他很想哭，却发现没有眼泪……

好在这一切，并不影响工作，他对于视觉的把握很在行。他很懂得欣赏镜头下的每一件物品、每一个女人。即便旁人看来有瑕疵的地方，在他眼中，反倒凸显出“另类”“狂野”“奔放”，或者“娟秀”“凄美”“凛冽”的感觉。图像的冲击力，让人一眼难忘，好似胸口欲将喷薄出的烈火一般。

策划、编排、灯光、机位和陈列都已到位，就等小逸带着被选中的人马过来试拍。整个航站楼的办公区挤满了工作人员。第一个镜头，小逸亲自上阵，刚喊action，他突然紧锁眉头。

“你的行李箱呢？”小逸指着一个身材还算高挑、眉清目秀的空姐说道。

“哦，啊！我落在餐厅了！”女孩迷迷糊糊又一脸惊慌。

“你是来上班的吗？浪费感情。”小逸的挑剔病又发作了。

“我是来买菜的。”一路小跑的女孩调侃着，像是故意戏弄。

录完宣传片，母带拿回公司等待后期剪辑。小逸松了口气，出航站楼抽烟时，撞见欧阳倩，两人会心一笑，聊了起来。

“才子，今天还让您满意吗？”

“还可以，等着剪辑出来，看看效果。”

“刚才那迷糊女孩是谁啊？失误了，嘴还挺厉害。”小逸有点咄咄逼人。

“哦，她啊，你知道的，佚楠。你们可算见着了。”

“啊！她就是你的好闺密，佚楠啊！”小逸瞪圆了双眼。

航站楼的员工餐厅，佚楠和欧阳倩坐在角落午餐。二人从进公司开始，就特别投缘，凑在一起有说不完的话。女人与男人之间的情谊，多少有些区别：利益少一点，亲昵多一点；偶尔彼此小妒忌一点，又毫无破坏力；分不开，扯不断，容易到老。

“他就是小逸啊？！清高得一副得理不饶人的德行，至于吗！”佚楠正费劲地往嘴里塞一块牛肉。不是牛肉太大，是她长了一张樱桃嘴。

“他就那样，对自己要求也挺苛刻。”

“我就不喜欢这种人，仗着自己帅，了不起啊！”佚楠撇撇嘴，一脸不屑。

“不过，话说回来，我那天简直好像脑子进水一样，一看到餐厅有我喜欢的土豆烧牛肉，我就忘乎所以了。哈哈，就好像我家小咪看到妙鲜包的状态，一个哆嗦，把箱子落餐厅了，估计气死他了吧。”

“瞧瞧我们大小姐这点出息。”欧阳倩掩着嘴笑着说道。

“那是嘛，你又不是不知道我最喜欢吃了。”

“对对对，有土豆烧牛肉，男朋友都可以靠边站了。”

“有空带你去loving eyes，跟他们熟了就好了，顺便你也别老憋在家看韩剧了。”欧阳倩擦擦嘴边的油渍。

“你准备和老范旧情复燃？”

“我要是恋爱，就来个轰轰烈烈的，否则还不如和你一样，在家看韩剧。”

“恋了，第一时间告诉我。”

“废话！”

两个青春洋溢的女孩，互相挽着，一步三晃地往办公楼走去。她们的背影，就像是童话里，两只精灵古怪的兔子——温顺中有点调皮；纯情里有点狡黠；神经大条，内心细腻，可爱到一塌糊涂。

最近几天，小逸有点反常。

自那天在机场拍完宣传片之后，连续第三天失眠。其实他常常做梦，而且常做同一个梦：梦境里有一个挽着他手的女孩，在某一个楼梯拐角处，面对着面，头贴着头，像朋友又似情人。梦里，她喜欢穿粉色的裙子，拿着一只粉色的兔子，好像初中女生，背景却不是校园。恍恍惚惚的梦境，持续很久，每次莫名醒来，内心都无比温暖。

其实，没有人真正见识过他的内心，他在刻意隐藏，隐藏着他的柔软和脆弱、纯情和期待……

5

今年元旦，与往年没什么特别之处。几个朋友聚在loving eyes。

今天老范似乎特别开心，饶有兴致地调制鸡尾酒，再娴熟地送去13号桌。他对佚楠说："放下红酒，尝尝这款，暂定名'登对'好了，祝你新年找到对的人。"佚楠笑得很甜，接过这杯黄绿相间的"登对"，笑盈盈地对老范说："你土不土啊？谁说女人的幸福一定要建立在男人身上。"即便是第一次来loving eyes，佚楠爽朗直率的个性，没有一点儿拘谨。今天她很开心，开心到一直和周围的朋友打趣。她一直抓着毛爷不放，问东问西，给有些内向的毛爷搞得一直抓耳挠腮，直喊救命。

"女人的幸福不建立在男人身上，要不建立在我身上吧。"毛爷打趣道，他号称自己雌雄同体，又懂男人，又通晓女人。

"我听说你挺挑剔，能看上我不？空姐行吗？"佚楠也开始调侃。

“太行了，我喜欢空姐。”

“一脸色相！”佚楠敲了一下毛爷的头。

今天 loving eyes 没有soul-jazz，取而代之的是 Jack Johnson 的几首经典之作。比如老范特意重放了那首“Better together”，转手把另一杯特调的鸡尾酒送到欧阳倩手边。“胃不好，喝这个。Loving eyes钟情，Cheers！”欧阳倩毫不尴尬地接过这杯“钟情”，与老范cheers后，一饮而尽，道了谢，却与毛爷四目相对，在老范看不懂的眼神里，在佚楠毫无察觉的笑声里，在小逸还未赶到的时刻里。似乎在彼此心里，那首Better together被放大了好多倍，被循环了很多圈，又被眼神解读了好几遍……

小逸来了，他在众人的调侃声中，连喝三杯——牛栏山。

其实，小逸这种会装模作样，装得又让女人特喜欢的男人，很少会喝牛栏山。这酒属于特别热血的老愤青，尤其在老北京胡同里，涮羊肉的饭桌上，倍受欢迎。突然三杯下肚，食道与胃满是灼烧感，一时间辣得他吐了吐舌头，转头时，撞上佚楠正瞪着他的眼神，吓得他突然缩回舌头，一脸茫然地看着佚楠。

“姑娘，头回见，你眼睛不舒服吗？”

“赵小逸！是吧？谁跟你头回见”。

“你……哦……佚楠，屋里太黑，没看出来。”

“怎么你这种人好像狗嘴里吐不出象牙。”

越听她口气越不对，小逸索性一屁股坐在她对面，开始上下打量起这位女孩。按理说，眉清目秀，皮肤白皙，尤其那张嘴，不薄不厚。喝酒时，轻启朱唇；还有那双眼，看你时，秋波闪动。简直一副标准温柔姑娘的相貌。怎么说起话来，像刚吃过炸弹一样。可，偏偏小逸挺喜欢这种性格，直来直去，觉得自己被损的特带劲。他不是自己说过吗——人至贱则无敌。今日与佚楠交锋，还真挖掘出自己点贱性。

午夜时分，大家都泡在Bar里不愿走，反正明天不用上班，干脆不醉不归。欧阳倩却提前走了，和老范简单告别后，她一人走出loving eyes，呼吸着北京寒冷的空气，心里若有所思，又好像什么都没想。人，是群居动物，却时时需要独处的空间。

“在想什么？”突然，一声不知是不是在询问自己的声音，从身后传来。欧阳倩下意识地回头望，却看见穿着厚厚的外套的毛爷，正在朝她微笑。他们一道走过后海的一条条巷子，寒冷的空气，说话都吞吐着白雾。女人，是喜欢倾诉的动物。那晚，她借着醉意朦胧，述说起与老范的往事。她并不是旧情难忘，只是需要一点时间埋葬。

那一天，他们在笑声里缅怀过去。也许最好的忘记，便是开启另一段更禁得住考验的爱情……北京的冬天，出奇的干冷，路面少许结冰，他们走过后海那座宋代遗留产物的古桥，大概拱形的缘故，差点滑倒。毛爷条件反射地拉了欧阳倩，微微地触碰到了一下指尖，好像触碰到彼此内心那点欲要撩拨起的情愫。

爱情，可以毫无理由地发生，奈何它将滑向什么角落……

“佚楠说得对，女人何必将幸福建立在男人身上……哈哈哈！”欧阳倩的笑声，在空气中凝结成一大口白雾，在调侃中笃定毛爷确实比一般男人要了解女人。

“那，要不，你寄托在我身上啊？哈哈哈！”毛爷吐出一口同样大的白雾。他重复着刚刚那句玩笑话，口气里少了一丝不恭，添了一点儿认真。

元旦过后，小逸持续异样，他说被工作搞的焦躁，倒有人说他为了爱情萎靡。阿文却不以为然，他自认为了解他兄弟，他不会为了一个女人影响工作。况且他们认识这些年，他从未见过朝思暮想、魂不守舍的小逸，这根本不是他的风格。

他偷偷摸摸地打给欧阳倩，让她帮忙约佚楠，结果被一口回绝。“小逸，你别来劲，佚楠可是我姐们儿，你又不缺女人。”没等小逸插话，欧阳倩在挂断电话前说了句，“要不，你让老范替你约吧。”小逸回了回神，觉得心里像横了一块石头，想发泄又无处发泄。其实，他大概自己都不懂自己在做什么，想什么……曾几何时，小逸还是有情人时，也会为了爱情奋不顾身，他曾与挚爱擦身而过……他很矛盾，明明渴望拥有，却又拒人于千里之外；明明爱着眼前人，却压抑内心变成大尾巴狼；明明不愿将体汗挥洒在各路毫无感情的女人身上，却迟迟不愿戒掉……

他童年在奶奶家度过，奶奶虽然很疼他，但那种爱又不太一样，缺失得终究无法弥补。所以，他是羡慕毛爷的，他喜欢那个始终冲在前面的老李。他怀念那些个为爱奋不顾身的日夜，就好像他曾在日记里写过：“‘假如再对‘现实’视而不见地幻想，就变成了自欺。我毫发未损地度过了童年，日子却苍白的可怕。如今，让我难以忘情的越来越少，又如何动心？”

……

小逸打着电话，急匆匆地赶往机场。在候机室里，听到失物招领处的广播。他找了个搪塞的理由，挂断领导的电话，随即拨给欧阳倩。

“欧阳倩，佚楠呢？”

“赵小逸，你有完没完？”

“我找她有事。”

“她刚刚登机，今天飞洛杉矶，什么事？”

“我问你，她是不是包上总挂着一只粉色兔子？左边胸口缝了一个扣子？”

“对啊，啊！你说刚刚的广播！对，大概是她的。”

“我在机场，不说了，拜拜。”

……

小逸下意识地看看手表，他让毛爷过来，替他出差去上海。

“摄影助理，今天正式上班吧。”小逸一边说着，一边想笑。

其实，那天晚饭结束后，毛爷已经追随着小逸在预备职业摄影师的路上了。

他一路小跑去失物招领处。那个肥头大耳的经理，正在上下打量着这位帅哥，动作缓慢地询问小逸各种问题。他在狐疑，什么样的男人会喜欢玩粉色兔子？他看出肥头大耳的经理的疑惑，耐着性子说道："喜欢兔子不是女人的特权，我就喜欢，尤其粉色才够可爱。"经理摆弄着手里的兔子，极力绷住脸，尽量不笑出声。他从办公桌拿出一个登记表，小逸早就翻出所有携带的证件，整整齐齐地拍在他面前，"这是我证件，你随便登记。实话说了吧，这只兔子是我女朋友送给我的，她叫佚楠，××航空公司乘务员。我们在一起三年，明年就准备结婚。"没等那位慵懒的经理开口，他又继续说些莫名其妙的话，"她长相甜美，是我见过最好的乘务员；她经常说话噎我，但对乘客绝对温柔；她经常丢散落四，才……才会弄丢这只兔子，只不过，我……我从不介意……"

阿文说他没见过小逸这么朝思暮想、魂不守舍的样子，那么现在的他更像是中邪。长相甜美、说话噎人和工作扯不上任何关系。倒是丢三落四的往事，让他鬼迷了心窍。

6

老范突然邀约，听说佚楠也来，小逸匆匆放下手边的工作，他第一次没有迟到，比约定时间还早了十分钟。今天小逸特别勤快，帮着老范忙前忙后，Loving eyes今天不开张，据老范说，哥们儿几个好好聚聚，好酒好肉伺候上。

“哟，今儿涮羊肉，喝上牛栏山了，对口儿。”小逸没话找话。

“少废话，过来上菜。”老范端着一个盛满烧炭的铜锅从里间走出来。

“还没喝呢，怎么大火气。”小逸嬉皮笑脸。

阿文终于带着新女友来了，文艺女青年，说话挺雅致，与阿文挺般配。欧阳倩和毛爷也到了。小逸伸长着脖子往外望，欧阳倩和老范对视了一眼，老范随即拍拍小逸肩膀说：“小逸，咱兄弟俩多少年了？”小逸没心思听老范絮絮叨叨、儿女情长，随便哼了一声，继续伸长着脖子往外看。

“今儿没外人，小逸，我知道你等佚楠呢。”

听到佚楠的名字，小逸才回过神，看着老范。

“嗯，她怎么还没来？你不会告诉我，你没邀请她吧。”

“你管我有没有邀请她，我现在说我跟你。”

小逸对老范突如其来的态度，有点焦躁，但想到佚楠，也耐着性子听着。

“我念在你借过我钱，给我爸还债的份儿上，劝你几句。”

“佚楠是欧阳倩姐们，就是我妹妹，你玩谁不好。兔子还不吃窝边草呢，你别怪我直截了当，说句不好听的，你离佚楠远点！”老范不等小逸反应，一股脑地又毫不客气地说道。

“老范……不是……欧阳倩……你们……”一时语塞的小逸看着四周。

“我在你们眼里就这样？”

“你不这样，你哪样？”欧阳倩撇撇嘴。

“逸子，你不缺女友，正正经经谈个恋爱吧。”阿文有点不忍心，说了句听似安慰的话。

小逸被说的无地自容，又不知该如何反驳，朋友的话、像大雨磅礴的雨点，狠狠地甩在脸上，无情地鞭挞着他仅有的纯真。他点着一支烟，顿时空气里充斥着“紧张”“焦躁”“矛盾”的气氛。一时间凝固在各自面面相觑的表情里，谁都不想先打破尴尬。

“我特么真心实意喜欢佚楠！”

小逸说这话时，他口中真心实意喜欢的佚楠刚刚赶到，无意间听到这句话，她就那样站在一旁，看着他们对赵小逸的审判。

“你自己想想吧。”老范见佚楠来了，不再多说。

“怎么了这是，不是吃饭吗？赵小逸，你又犯什么病？”佚楠看着尴尬的气氛，脱口而出。

“连你也觉得我犯病是吧？你觉得我就根本没心。”

小逸从包里拿出那只兔子，交给佚楠。佚楠看着自己丢失的兔子，有点惊讶，有点……很难说清的内容，像是大雨磅礴后的雾气，越想看清越模糊。没等她询问，也没等她道谢，小逸起身要走，推门前他又返回来，说了句："下次，别再丢了。"便消失在大门尽头。

他的车，在马路上疾驰。他心里骂着："他妈的鸿门宴！"

都是一场大雨磅礴惹的祸，一个被血淋淋地质疑纯真，一个被突如其来弄到不知所措。

爱情，在女人的每个年龄段，都有着不同的含义。

二十几岁的女人，并不一定真的需要爱情，却总能轻易地拥有。

三十几岁的女人，铅华洗尽，真的要用爱情来滋润自己的时候，又总是抓不住爱情的裙裾。

是谁说，人生两样东西不能错过——一个最爱自己的人和夜里最后一趟末班车。其实，错过末班车并无大碍，所花的代价不过是一份打车钱。

可如果无法与爱情同行，那就真的会被"剩"在人生的某个路口，眼看着身边的人一个一个搭乘适宜的车离开，开向远方。而自己却还是在路口翘首以盼，等着能够接自己走的人出现。

爱情就是这样，你越是不在乎的时候，它越是频频地出现，可是等你真想伸手抓住时，它又开始缥缥缈缈，与你若即若离。

今年9月，佚楠正式步入三十岁行列，平时大大咧咧，嘻嘻哈哈惯了的她也曾像众多女文青一样，向往爱情，渴望浪漫。也许是走到了某一个阶段，每每独处时，总会生发出一些不痛不痒的忧伤。在老妈眼里，她必须搭乘这辆末班车，绝不允许她接受"被剩下"的审判，好像上天颁布下来一道圣旨。佚楠面对着这份甜蜜的负担，颇感无能为力，又没有拒绝的理由。

佚楠的妈妈打来电话，催促她相亲的事。永远都是那几句听着就想一命呜呼的话：“你也老大不小了，还想要什么啊？人家条件不错，就是不在北京，但是条件非常好，你总不能再耗个十年。妈妈是过来人，你就听句劝……他下周出差去北京，你们先见一面，就这样……”电话另一头，佚楠朝欧阳倩吐吐舌头，摆出一副“愁眉苦脸”的造型，继续听老妈念经。

自从“鸿门宴”之后，赵小逸干脆背着朋友对轶楠展开热烈地追求。他已经在心里，反复确定过，眼前这个女孩，他要定了。佚楠对于他上次的“表白”，并没放在心上，她最近并不想谈恋爱。她早说过，土豆烧牛肉都比爱情来得温暖可靠。所以，小逸正在赶往餐厅的途中，他要好好请佚楠吃一顿牛肉，再小酒怡情一下，正式表白一次。

“佚楠，我不想从朋友口中了解你，我希望你也是。”

“我没了解你什么啊？你怎么了？”

“不管别人怎么看待我，请你相信我……我……”

“赵小逸，我不跟你对着干了行吗？看在土豆烧牛肉的份儿上吧……”

“啊，对了，这顿我请，上次你帮我拿回我的兔子，多谢。”

“上次，你无意间听到的话是真心的。”

佚楠闪动了一下眼睛，什么都没再讲，紧接着老妈的电话又接进来。今天下午，佚楠老妈口中的“经济适用男”就要到北京，被妈妈推推搡搡地要去某地相亲，她想想就尴尬又头疼，说着说着这通电话，居然没了胃口。

“我要走了。”

“去哪里？”

“相亲。”

“能不去吗？”

“老妈圣旨。”

匆忙结账后，走出餐厅门，小逸一把拉住她，任凭佚楠怎么拉扯，还是被他一把拽进车里。佚楠有点恐惧，有点不知所措。在此之前，她的确听闻过很多关于赵小逸“不检点”的生活作风。对！在她眼里，这就是不检点，无可厚非。她没想到，赵小逸也会对她来这套。慌乱中，她在车里摸索手机，她要求救。

就这样碰巧，手机突然响起，“经济适用男”打来了。

“佚楠，我们晚上去哪里见？”

“她约你去‘朝阳区’吃饭，你去找找看，不见不散。”小逸抢过电话，对着“经济适用男”说着莫名其妙的话。

电话那头，经济适用男还在穷追不舍、丈二和尚摸不着头脑地询问具体街道名称，这“朝阳区”到底是个餐厅名字，还是道路名称时，已经被无情地挂断。

“让他有本事找去吧，朝阳区大概也就方圆四百多公里，孙子可劲儿找去吧。”赵小逸有点得意忘形地说着，忽略了一旁早已愤怒的佚楠。

“赵小逸，你有病吧，你知道这是我妈妈朋友的儿子。你让我怎么交代？”

“你都这么大了，自己的事情需要向谁交代？”

“赵小逸，我告诉你，这是我的事，跟你毫无关系。还有，你没有家人，你没体会过爱，你根本就不懂体谅别人！”

……

有些话，即便都懂，那只是一句气话，却很难释怀。佚楠了解赵小逸的事情，那也只是一点点听说。他说过希望彼此之间不要受到任何朋友的影响，可是，这也只是他的一厢情愿，对于佚楠、他自己都没想到，居然在一气之下，说出这种不尽如人意的话。

小逸楞住，不再反驳。一时间空气凝结的异常尴尬，佚楠打开车门，逃跑似的离开。佚楠边走边回头看看小逸的车，他没有开动，还停在原地。她有些许后悔，除了后悔，她突然有一点怜惜与疼爱。她想，也许这是无意间中伤了别人后才有的心理感受吧。

那次事件之后，他们没再联络。倒是在一次巧合中，他撞见了欧阳倩与毛爷。两个人依依不舍地出现在机场候机室。欧阳倩准备登机前往纽约，小逸也刚好去纽约，他远远地看着他们，毛爷很体贴，除了帮欧阳倩提东西，还不忘临行一吻，温柔又深情。他其实打心眼里羡慕欧阳倩，不管是义无反顾地离开一段不值得的爱情，还是不带伤痛地开始另一段奋不顾身的感情，她始终是忠于内心、敢爱敢恨的……

“你和毛爷什么打算？”走在纽约街头的小逸问欧阳倩。

“我们打算明年结婚。”欧阳倩谈起毛爷，一脸温柔幸福。

“哎，她要像你这样该多好。”

“赵小逸，我明白了，你来真的。”

“你才知道啊。”小逸摆出一副有点清高，又有点委屈的样子，不免有点好笑。

欧阳倩和毛爷的爱情，浪漫到唯美。他们之间不需要谁的理解，也不需要谁来证明——爱情，本就无关乎任何人。小逸从欧阳倩的表情里，看出了些端倪，那是一种用不着质疑，甚至不屑于质疑的表情——我也没有想过，我以前只是想知道，他们到底是怎么开始的。现在我知道了，很多事情不知不觉就来了……

佚楠还是去了那座城市，去见“经济适用男”。听到这里，小逸有点想哭，眼角湿润，他的确动了心，才发现，已经很久了，他没有再碰其他女人，朋友笑着调侃他得了什么病，居然不再混。他坚信不疑地认为自己患上了霍乱，除了没发生“上吐下泻”等明显症状外，他不知不觉地对其他女人丧失了欲望。他想，爱，是可怕的，可怕到心里牵肠挂肚着一个人。整个人快速从原始进化到文明了。

冬天的纽约，异常寒冷，这并不妨碍它的繁华似锦。两人去了第五大道逛街，又去了华尔街感受都市快节奏。两人愉快地和著名的大铜牛合完照，赶忙钻进一个coffee shop取暖。欧阳倩望着窗外，倾诉给小逸，原来爱情，除了最初的心跳，还有一种莫名的安定。她承认老范曾给过她心跳，却从未有一天让她觉得安定。直到毛爷的出现，欧阳倩才明白，一段对的感情，并不是它该如何绚烂，而是从来没有过疑问……

安定，是男人给女人最好的承诺，也是俘虏女人的良药。

“……他骗我……我……你在哪里？”这是一通视频电话，佚楠哭着打给欧阳倩，几乎话都说不完整。她不知道小逸也在旁边，正在歪头看着她……

缘分，有着不可思议的疯狂。

“经济适用男”并不像妈妈口中那么“经济适用”，幸好还未开始这段鸡肋婚姻，谎言就已透底。佚楠并无大碍，只是受了一点被“愚弄”的刺激，并且发誓，这辈子都只和土豆烧牛肉相亲相爱。

“赵小逸，明天佚楠回北京。”

7

首都机场，下午3点12分的航班。

小逸一早就赶到机场，他等着他的女神出现，等待的时间，都用来回忆——“你的箱子呢？你是来上班的吗？”“我是来买菜的”。第一次仔细端详着她的模样，却是被她讽刺的狗血淋头的那一天。第一次厚着脸皮去表白，他记住了这双秋波闪动的眼睛……她甩上车门的那一刻，背影是如此刺眼，还有那只失而复得的粉色兔子，随着她的步伐，越走越远。

她不知道，他早就为这双迷人的眼睛动心；她不知道，他的挑剔病好了，当他说出那句“她有些丢三落四，自己却不在意”时；她不知道，她最脆弱的那天，他就在旁边，看见她流泪，他开始疯狂地想她，无休止地想，忘乎所以地想。

他说过，他不会放弃，他反复确定N次了。

“佚楠，我喜欢你，我想和你开始。”

“我不知道怎么和你开始。”

……

女人从前人那里得到的经验与教训便是婚姻是婚姻，爱情是爱情，这两者之间必须要区分清楚。爱情是为了让女人更加完整，而婚姻却是要让女人这一辈子都不后悔。

佚楠说的是真的，她的确不知道该如何与他开始。她并非没有感觉，也并不是没有被触动，她只是恐惧，她不想再受伤。她承认自己懦弱，她要躲起来。她不像欧阳倩那样勇敢，她不完全认同妈妈的话，但也不妨碍她认为赵小逸毫无安全感。她选择逃避，她不想看见他，看见一次，就虐一次，为什么？怕深陷！没有爱，会怕吗？

小逸就是要让她无处可挡地接受自己，与其说他过于自信自己的魅力，不如说这正是爱情发生的道理——我也没有想过，我以前只是想知道，他们到底是怎么开始的。现在我知道了，很多事情不知不觉就来了……

登对

作词：赵小逸

作曲：赵小逸

那一年冬天

我看这座城市大雪纷飞，倚着壁炉取暖

那一年冬天

你在那座城市独自泪流，冷风吹不醒醉的心

似天意、似发梦

缘分已命中注定，猝不及防又在劫难逃

似铺垫、似寻常

片刻爱情泛起暗涌，恍如隔世又排山倒海

难得彼此像情人又似朋友

只差一句表白

难得彼此不需从他人口中了解好坏

想抱拥入怀

你共我，如此登对，偏偏不是一对

你共我，如此登对，何时天涯变咫尺

你共我，天生一对，却只在梦里相对

那一年冬天

我看这座城市大雪纷飞，倚着壁炉取暖

那一年冬天

你在那座城市独自泪流，冷风吹不醒醉的心

下一年冬天

你在我的城市，同看大雪纷飞，倚在一起取暖

赵小逸的这首歌，写于回北京的航班上，十三个小时，他满脑子都是他们的故事，他吃不下，睡不好，他将内心所有的煎熬和等待，都写在了上面。这个不擅长表达内心的人，终于找回了那些个奋不顾身的日夜。

他是个好面子的人，因为清高，他怕被拒绝；他是个擅长伪装的人，因为内心柔软，怕被看穿。他以为她不过也会是自己的一段过眼云烟，没曾想，却成了自己的在劫难逃。这一刻，他所有的骄傲和伪装，在她面前，都变成了诺言，这一次，他追回了勇气，愿意承诺的

勇气。

佚楠怔住，看着眼前这个真挚的男人，双眼秋波闪动的越加明显，那里有小逸给她的勇气。

“赵小逸，你上次在这里是摄影师，今天变情歌王子啦？”

“佚楠，我们开始吧，就现在。”

“他现在大概可以超越土豆烧牛肉了！”欧阳倩在一旁破涕为笑。

“一段对的感情，是从来没有过疑问……”

“我们一早在机场开始了……小逸。”

仲夏夜时分，开着车顶棚吹风，两人说着有得没得，电台的歌，时而清雅，时而躁动。他随意拨弄着电台频道，随即传来了那首经典老歌“There were roses”，Cara Dillon梦呓般的声音，极具穿透力。

那晚，他们四目相对，一如初见；久违的拥吻，伴随着敞篷徐徐上行，而涌动。

“还记得我们认识多久了吗？”

“四年前，那年元旦，哈哈。”回忆中突然失笑。

“当时觉得你非常讨人厌。”

“好吧，我突然喜欢上有些冒失又爱吃的女孩。”

……

“从没想过会这样了解彼此。”

“我不想从别人口中了解你。”

“我也是……”他闪动的眼睛望向她。

后记

有人说看到赵小逸的作品，胸口会有一种喷薄着烈火的感觉。

事实上，自从小逸爱上佚楠，才迸发出真正意义上的烈火一般的热情。

爱情的结尾，似乎接近梦境——佚楠推着行李出现在小逸面前时，穿着一件粉色的外套，还有那只与她如影随形的粉色兔子。

原来，她曾出现在他梦里。

原来，缘分是一场宿命。

哦，对了，下个月，过完春节，欧阳倩和毛爷登记结婚了。

伙伴

丸子不喜欢大人们摸着她的头，叫她“小女生”，因为过了今年，她就要升入三年级了，在她眼里，自己已经足够强大，不再是“小女生”这么简单了。她在这所寄宿学校，一早就学会照顾自己，并且还细心照料着一棵仙人掌，那是她与小远一起栽的。

放学后，丸子从寝室把仙人掌端出来，放在操场看台边的台阶上，小远拿着小铲子，过来帮忙松土。“丸子，你看，这些天它有点蔫蔫的。”斜阳西下的余辉，打在小远长密的睫毛上，边说着边用担忧的眼神打量。

“小远，万一‘小仙’死了怎么办？”丸子也开始担心起来，即使她听大人们说仙人掌很好照料。“不会的，如果真是那样，我会大哭一场。不过我妈妈说，男孩子不能那样轻易掉眼泪。”小远继续小心翼翼地松着土，嘴里嘟囔着。

这几天丸子生病了。

头痛，咳嗽，一把鼻涕一把泪地赖在床上。小远好不容易征得老师的同意，来探望病中的丸子。

“这几天看不到‘小仙’，也看不到你，原来你们一起生病了！”

“小远，你能不能把‘小仙’带走呢？我这几天照顾不了它了。”

今天是周五，小远的妈妈要来接他回家过周末，可惜丸子就没那么幸运，父母在她三岁时离婚，奶奶一直把她照顾到上学的年龄，然后就来到这所寄宿学校读书。假期的时候，她才可以回家，才可以见到忙着赚钱的爸爸……

学校，似乎更像丸子真正的家；而老师，怎么看怎么像她脑海里的妈妈。

小远抱着“小仙”，正准备消失在丸子门前时，他转过头，带着那天担忧的眼神对丸子说：“丸子，多喝水啊，你也要学着照顾自己。”小远学着大人的口吻，像个男子汉一样体恤着丸子，两个孩子第一次体会到彼此善良的心意和依依不舍的滋味。

三年的时间里，丸子从初来乍到时的扭扭捏捏，逐渐变得开朗。她在这里学会了自己洗衣服，整理寝室，学会了安慰自己，温暖别人，然后她和小远做了一对要好的朋友，就连她自己也感觉不再是个“小女生”那么简单了。

某一天的自然课后，他们决定养一棵植物，并悉心照料着等它长大。丸子瞪着懵懂的眼睛问那个她认为最像妈妈的老师：“什么样的植物最顽强？”老师笑着摸着她顺滑的头发，蹲下身来靠近她：“丸子想养一棵植物吗？那就养一株仙人掌吧。”从那之后，丸子确信，仙人掌是这个世界上最顽强的植物，像她一样，不容小觑。

她将这个开心的消息告诉了小远，她最信任的朋友。果然在一个月后，“小仙”仍顽强地和丸子生活在一个屋檐下。放学后，她就会把它捧到操场看台边的台阶上。两个幼小的背影，此时正分享着他们世界里的时时刻刻……

“你看，它好像又长高了！”

“你摸，它的刺变硬了！”

“……”

就这样到了某一天，操场的看台边，丸子得知小远要暂时离开这里了，那是三年级下半学期的事。丸子心里明白，这一次小远的离开不再是过个周末那样简单，也许会远到再也看不见了。她问老师：“半年有多久？是不是一年的一半，应该用除法，我会算。365天除以2……等于182.5天！老师，对吗？”老师笑着点头，不忍纠正她逻辑上得错误。“对啊，182天，再多加半天，他就回到我们身边啦。”她的确很像丸子口中的“妈妈”，在这样的时刻，这样的呵护。

这一次，真的远到再也看不见了。

小远的妈妈带着小远去了美国。那之后，丸子又学会了一项新技能——写信！每一封交给老师的信都承载着他们最简单的思念，老师很乐意做丸子的信使，帮丸子达成她当时小小的心愿。

丸子就这样期待着，期待着她那个零点五个半天的到来。从冬天盼到夏天……那年夏天的雨季来得很早，早到让丸子在没有防备的第二天醒来，发现窗外的“小仙”淋湿了身体、耷拉着脑袋，好像在向丸子发出求救的讯号。丸子顾不得洗脸换衣服，捧着它跑到老师那里。

平日里不容小觑的表情没了踪影，她的脸皱在一起，强忍着泪水在眼眶里打转。“老师，小远快回来了吗？我们养的‘小仙’生病了，它病得很严重，就像那天我病得起不来床一样。”老师刚刚还在纠结要不要告诉她刚得知的事，被丸子这样一说，她决定不要再欺骗她。

“小远可能不会回来了……但我会帮你……丸子……”

这是丸子第一次固执地不听她话，任性地跑进那场雨中。老师一口气追到操场的看台边，这样幼小的身体，第一次紧紧地抱住老师的腰，放声肆虐着忍了不知多久的眼泪。她回忆着那天下午，小远背着书包，跟在妈妈身后，然后在上车前，转过身来，对着丸子略显腼腆地笑……丸子讨厌看到背影，就像当年看到妈妈拖着皮箱消失在大门外一样，把她留在原地，只剩追忆……

丸子顺利地升到四年级。

这一天，老师拿着一个精美的盒子放在丸子手里。

“打开看看啊。”

“啊，是一串风铃，老师它好漂亮。”

丸子生怕碰坏盒子，小心翼翼地拆开，一串风铃在眼前摆动，听着它们叮叮咚咚的声响，丸子开心地笑起来……“对啊，它好漂亮啊，小远的妈妈寄给你的，喏，这里还有小远给你写的小卡片。”老师抚摸着丸子长长了的头发，她决定明天给丸子梳上她最喜欢的辫子。

“丸子，今天你十岁了！祝你生日快乐！小远。”

看到小远熟悉的笔迹，丸子内心仍旧隐隐作痛。她不明白为什么小远就这样离她好远好远，就像妈妈那样，再也看不到了呢?

晚上，老师给她梳起她最喜欢的辫子，换上爸爸给她买的新衣服，和小朋友一起，吃着老师早就为她订好的蛋糕，她最喜欢的——水果奶油味道。五颜六色的奶油画成了“小仙”的模样，旁边写着：“丸子，十岁生日快乐！”……

丸子把风铃挂在窗口边，风来的时候，叮叮咚咚的，很好听。

今天，丸子很开心，有老师，有同学，有水果奶油蛋糕，最重要的是，还有这串风铃和熟悉的笔迹。丸子躺在床上，闭着眼睛掰着手指头想，去年的今天，她在做什么——同样的旋律响在耳畔……祝你生日快乐……祝丸子生日快乐……同学们围着她，等她吹灭九根蜡烛，人群中，小远唱得比谁都起劲，尤其在丸子的眼中……

人生有多少个十年需要纪念。时光流转的十年里，不容小觑的丸子，顺利地考进美国一所大学。就这样，小远彻底地消失在她的生活里。偶尔她百无聊赖地走在美国街头时，还是会想起儿时的玩伴，他们就像自己的亲人一样，占据了她心底最柔软的回忆。她曾想过，小远是否还住在这里，他会不会和她一样，去过同一家面包店，邂逅过同一班早晚高峰的地铁，或者也许同去过一间邮局，邮寄过给家乡的礼物。这只是偶然间的想象，即便她知道小远的背影，已经渐行渐远，模糊得快要看不见了。

她跟我说一年的一半是182.5天，我一直计算到102天。那一天，我和妈妈大吵了一架，我曾哭着恳求她让我回去，我不想做一个不诚实的人。我不敢写信告诉她这件事，就像她当初告诉我，她恨她妈妈的离去一样。当时的我，一样很不解大人的想法，告诉我们不要欺骗，一边又硬要我们承受欺骗的后果。所以，我一直不知道该如何解释清楚。当年，母亲工作有变，我只能被安排在这里生活。遥遥无期的日子里，我想念“小仙”却没有告诉她；也想着她，脑子里想了无数种她怪罪我的场面，却在一觉醒来，依然隔海相望。

丸子，我还是习惯这样叫她，就像她从未在我的世界消失一样。我有很多话想跟她说，这些年生活的点滴；也有很多事想跟她分享，这些年的开心与困惑。

“丸子，你说，人生会有多少个十年用来想念？这次得用乘法才能算得出吧。”

“丸子，今天是9月2日，希望能在人海中找到你，还要给你唱一首生日歌，就在今天！”

电脑显示器这边，她的手指有些僵硬地放在键盘上。

这是海外留学生贴吧里的寻人帖子，没错，今天的确是9月2日，她的生日。她紧张地滚动着鼠标，来回看着这篇帖子。终于在帖子的最下方，发现那张陈旧的有点泛黄的照片——中间有一个略微胖胖的小女生，她带着生日帽，吹着蛋糕上的九根蜡烛，周围有很多和她一样大的小朋友，拍着手，卖力地唱着生日歌。她再也无法将视线从这张照片上移开，眼泪决堤般地狂肆。

那是当年的丸子，还有人群中唱得最起劲的小远……

奔跑

电脑屏幕闪了一下，一个叫大漠的女孩发来的简讯：“越过谎言拥抱你，我最喜欢的一句话。”显示器这边，放着一个足足像海碗一样大的烟灰缸，里面的烟头已经堆了一半。一阵烟雾缭绕之后，一根烟头在“海碗”里被捻得变形，扭曲的样子，显得异常沉重，重得已经被压迫得折断在“海碗”中。

1

关磊自从那次短跑比赛负伤之后就一直在家窝着，看看电视，抽抽烟，无趣着打发着时间。有时连看电视都能看的在心里泛起酸，就像那一年奥运会，站在领奖台上的是他曾经的室友，他条件反射般一连串地想到了他臭哄哄的袜子，和“小强”都嫌弃的被褥。“真是不容易，让他拿到奖牌。”他经常自言自语讲这种吃不到葡萄说葡萄是酸的话，但要不了一分钟就又开始感叹：“他在校队的时候的确很厉害……”

2

围坐在火锅边的三个人正在款款而谈，水蒸汽混合着烟雾，像今天的气氛和谈笑，云里雾里地找不出头绪地扯淡。

“我最近看上一姑娘，正点！”

“臭流氓本性一展无余。”

这是他难得的一次聚会，和与他一起长大的朋友阿源及他老婆的会面。所以，他表露的最直接，也表现的最舒服。

“你们两口子别在我眼前show恩爱了行吗？！”他又开始吃不到葡萄说葡萄酸。

“那你赶紧给我找个大嫂来，你随便show啊，我各种限制级都受得了。”

“哪里认识的？”阿源的老婆，女人天生的八卦心。

“我看她跑起步的样子可不是弱女子。”

“哦，你还是经常去操场那边？”阿源一点儿不惊讶，赶紧接过话。

“对啊，兄弟我可以吧，号码要到手了，可惜人还没到手。”

“所以……你只是在发发牢骚，顺便闹闹春是不是？”阿源总是喜欢说这类话，非常符合他编辑主任的身份，挑剔到非要一针见血地拆穿。

关磊这个人倒是有着心宽的优点。他从不介意阿源对自己的贬损，他笑呵呵地眯着眼深呼吸，烟雾进入到了鼻腔，又好一会儿才从鼻腔被吐出来：“帮个忙，让她爱上我，军师。”

饭毕，回家的路上，他又窜到操场。黑暗中，他手里的烟一支接一支，云雾氤氲，左盼右顾间站了十分钟。他用鞋底捻灭最后一根烟头，悻悻地往家走去。

他的工作很悠闲，自己经营着一间卖火车和飞机票的小窗口，想去盯几天的时候就去，懒得过去的时候家里人就帮忙打理。

他曾经在很多个夜里，叹息自己的窝囊不堪。被迫退役后，就这样得过且过的状态，维持到了现在。

除了跑步，能让他沸腾，就像站在操场的看台边，也能让他忘记自卑是什么一样。他热烈地爱上了一个女孩儿，她就像一道迷人的风景线，闯入了他荒芜的视野……

3

街对面的独立书店，开了很久，却少有人光顾。书店的老板是一名摄影发烧友，所以自己的地盘好做主，书店里的书大都关于摄影。阿源的编辑部，近期正在做“魅力非洲”专栏，他刚好来这里寻找所谓的“蛛丝马迹”的灵感。

“不好意思，请问这本书货架上还有吗？”一个明显看上去素颜、普通话过于标准的小清新女孩指着阿源手里的书向书店老板问道。

“哦，那本书目前没有货了，很早的版本了，现在很难找到了。”老板有点得意地说着，好像自己的货源样样经典，忽略了姑娘的失望。

“我再选其他的好了，你拿去吧。”这是一本讲述非洲沙漠的摄影集。如老板所说，它的确有些经典，里面有很多珍贵的照片，如今市面上已不多见。就算不是为了工作所需，陶冶一下也很有收藏意义。

“你也喜欢非洲？”说了很多感谢的话之后，姑娘终于开口问了阿源一句题外话。

“你呢？”阿源并没正面作答。

“我是新疆人，来到这里工作有几年了，身边很多人都会问我是不是住在沙漠，其实我对沙漠也很着迷，不过没去过……”

“你是摄影师？”

“目前在自学，走的是野路子，嘿嘿。”

聊了一阵，阿源得知，这位来自新疆的女孩刚刚结束了一份看似稳定却很无聊的工作。

人在异乡，全凭勇气。

傍晚的月亮，影影绰绰地挂在天上，像是在窥视着什么。阿源双手空空地走在回家的路上，想起刚才那本书和那个很渴望的表情，不禁生出感慨——陶冶一下也是值得收藏的作品。不知道心里是什么滋味，其实还有点想笑……

有时，有人争着要和你分享一样东西的时候，反而才会发现它的珍贵，至少不再是自己最初认定的价值。

4

公共假期临近，订机票出游的人特别多，关磊也被这气氛撩拨得蠢蠢欲动，重点是他内心早有了想去的地点，就差给自己出一张机票了事。阿源近期都忙于工作，有空闲的时候还要被老婆拽着四处看房，他经常发出男人偶尔不负责任的感慨："结婚就是在受罪，还是个无期的。"

晚上，阿源终于逮到机会出去透气，约了关磊到他家附近的操场坐坐。一直让阿源好奇的女生并没有出现。一晚上的时间里，关磊都在絮絮叨叨自己和"神奇女子"的交往细节：吃饭、逛街、看电影，看不出她对自己有什么除了"朋友关系"以外的好感，这真让他苦恼。

"给个惊喜，直接表白啊，笨蛋！"阿源再也忍受不了他的絮叨，直截了当地说道。

5

关磊去了新疆，距离自己四千公里以外的地方，她的家乡。唯一与初衷不同的是，他坐了三天三夜的火车，颠簸的一路上，想着她的样子……

“我本就是一个胡人，马尾一盘，素面朝天的溜进沙漠……”在新疆彻底开怀了一阵子，随后便促成了那封他所谓的“搞定”了姑娘的情书：我在×××的旁边种了一棵树，就在我以为那是当年你种下的那棵旁边；我在你学校的门口，吃到了你几乎天天光顾的鸡排店的炸鸡排，它的确有那么一点儿好吃；我在你说的38路公车上坐了一个来回，体验着你当时暗恋的烦恼……它的确让人烦恼，烦恼着即使我来到了她的故乡，种下了一棵相思树，是不是就可以依偎在“她”身边；又或者我吃到了她爱吃的炸鸡排，是不是离她的生活又近了些；还是坐着38路车，带着我对她的暗恋，是不是可以告诉她，这一次，我不能放弃。就像来时的三天三夜，我把自己想成另一个胡子拉碴的胡人，和她一起溜进那一眼望不穿的沙漠……

“你脑子出问题了啊，不知道坐飞机？”

“在体验你说的，沿途的诗意。”

三天岂止是在等待，全用来想念。关磊晒得黝黑地回来了，然后火急火燎地把阿源叫出来一起吃饭，当然这也是第一次正式向朋友介绍他的女神——边疆少女！他似乎很喜欢自己给她起的绰号，有点贫，有点痞，有点欠揍，但不可否认的是她早就走上了他内心的神坛。

约会的地点，被安排在繁华闹市区的KTV，四个人的邀约，女人间的话题总是比较容易展开。那天不胜酒力的他，在灌下两瓶啤酒之后开始脸红，气氛开始变得热闹，他抓起话筒唱了一首撕心裂肺的“回到拉萨”。包房暗影里的另一端，有两双温和的眼睛在互换着光亮……

6

她很快找到了一份在杂志社的工作，当然她最擅长的领域还是摄影。刚入职就开始接手新工作，给一期原创散文做插图，这篇文章将在这一期《五月》杂志社刊发，讲述的是一个极细腻的男追女的爱情故事：……三天三夜的失眠，只为了体会你说过的旅途的诗意。我在×××的旁边种了一棵树，就在我以为那是当年你种下的那棵旁边；我在你学校的门口，吃到了你几乎天天光顾的鸡排店的炸鸡排，它的确有那么一点儿好吃；我在你说的38路公车上坐了一个来回，体验着你当时暗恋的烦恼……它的确让人烦恼，烦恼着即使我来到了她的故乡，种下了一棵相思树，是不是就可以依偎在“她”身边；又或者我吃到了她爱吃的炸鸡排，是不是离她的生活又近了些；还是坐着38路车，带着我对她的暗恋，我是不是就可以告诉她。这一次，不能放弃……

——廖鹏源（阿源）。

7

电影院里，关磊像个孩子，正被电影里的情节，逗得哧哧地笑着。在一旁的她恨不得一拳打上去，揍他个鼻青脸肿，然后抽身就走。她最终压住了怒火，没有爆发出来，只是提前离了场，她要让这场佯装的“鬼诗意”尽早收场。等他赶出来的时候，搜索到的最后一个画面人已上车。他做了最俗套也最有诚意的事——追！一路到底，不由分说，好在他不受红绿灯的限制，头脑又颇为简单。在第三个红灯亮起前，他把她拉下车，继而引发的是一次彻头彻尾的奚落和争吵。她恨这种欺骗，何况她还是个“女胡人”分分钟搞得他无言以对。

“现在才是你的真面目。”

“是，现在才是。”

已经气喘吁吁的关磊说出这句话后，他快速吞咽着口水，没等她接话，他就一股脑地把藏在心里很久的话宣泄了出来，就好像一瓶刚刚拔掉木塞的香槟一样，“砰”的一声，让她意外——“梁嘉怡，我告诉你，信里所有的事，我没有一件事是在欺骗你。树，我种在了×××街，我的确不清楚旁边那一棵是不是你当年种的，但我的确在找，不是随便讨个乐子；还有你的学校，你经常坐的公车，你每天经过每条马路，你说得出，我就做得出；没错！是我不会表达，尤其是对你！是我自卑，特别是面对你！……”

她心里颤动了一下，听到他傻兮兮地说“树，我种在了那里”时，她忍不住有点想笑。她脑海里想的是这个没心没肺的家伙这么走运，居然没被抓，可是……她没想到，这样一个没心没肺的家伙，居然面对自己会自卑，她对忽略了他的敏感有些抱歉。

“虽然我有点愚钝，但追你的时候我明白了两个道理：一、学跑步是正确的选择；二、刚才跑那一大圈，终于找回了当年的风姿。”关磊看着她舒缓下来的表情，继续说着，语气里多了一点儿调侃。

“看，还是叫我追到了！”他又恢复到了嬉皮笑脸的模样，牵着“女胡人”并不反抗的手，贱兮兮地说着……而这一次，他完全不知道，刚刚背朝他眼角湿润的女人在心里告诉自己“我完了”……

真正让梁嘉怡内心隐隐难受的另一个原因，是阿源那个故事的结尾：独立书店的相识，到最后的牵手……她想起那次包房里温和的对望。这一切让她感到不安，是缘分让他们在生活中如此巧合，可是为什么他们都不约而同地选择不愿“相认”？

8

受电子商务的影响，售票站的经营状况大不如从前。索性，关磊关闭了售票口，结算了一下手里的钱，打算与两个朋友合伙做原材料生意，也好改变一下目前的生活状态，彻底地积极起来。

半年后，公司经营的如火如荼，出差的频率也逐渐多了。两个合伙人搭档的成效，立竿见影。眼见着手头越来越宽裕，生活也变得不同，他内心正盘算着下一个五年计划，添置房子，完成人生大事。

梦，做到一半，库房内就吵起来了……

一帮人强行进来搬运原材料，库房管理员被打伤。合伙人的电话“凑巧”打不通，他面前甩了一沓子票据，都是那个合伙人的签名，拖欠了合约公司的款项，人间蒸发。

他不认识这间合约公司，看合同，条件开的挺高，距离交付日期过了整整一个月，二十万的款项，全部打了水漂。

情急之下，他来找阿源江湖救急。意外地，他在阿源家楼下的咖啡馆碰见了他。刚准备进去打招呼，却发现了另一个熟悉的身影，他们貌似在交谈着什么严肃的事情，脸上的表情有些凝重。他竖起了大衣领子，把帽子压低了些走进咖啡馆，找了个隐约能听到他们对话的桌子坐定。

“为什么？”那个熟悉的声音。

“我说不清，那种感觉，第一次在独立书店就有了。”阿源突然的感性。

关磊极力佯装自己并不像是个小偷，却带着小偷一样的眼神偷偷着瞄着他们。他们在温暖地凝视彼此，带着热烈的渴求。他坐立不安，克制自己继续听下去。

“我被他感动，是因为那封简短的情书，而……当我看到那期杂志之后，我很不安，为什么我们都对他缄默我们一早就认识的事实？”

“我该怎么办？……”那个熟悉的声音，此时带着一丝哀怨和无奈。

他想走过去，质问清楚，他也想知道：“你们怎么办！”

一个热烈的拥抱，让他们在人群中更像是一对正常的情侣。此刻，她泪眼模糊，拥抱她的却是这个人，他最好的兄弟阿源。这个悠长的带着纠结与热泪的吻，就这样在幽暗的角落里自私的任由它难以克制地蔓延。

他并没有丧心病狂地上去打人，而是像窝囊废一样几乎是落跑着走出了咖啡馆，用他们温存的画面当作背景。这一刻，他的心碎与嘲讽涨满了整个心湖，激不起一点儿波澜。他只是想走，去哪里，又不清楚。

不过，有一点倒是很清楚，那就是：二十万的亏损都抵不过刚才那一幕狼狈。

不要说贪婪的是男人，女人只是表现得不同。

9

南下的日子里，关磊筹到了一笔钱，折价卖出了所剩的原材料，又购进了一批新型的，他是个很有恒心和毅力的人，尤其在发生了那件事之后，整个人都变了副面孔一样。

生意起死回生，感情却没有死灰复燃。

她曾联络过他，询问他的下落，他索性换了手机号码，一了百了。有些事，问了反而尴尬，况且还有什么原因是需要被谅解的，需要用一个男人的尊严来换。自卑和自负并存的情绪，持续在体内发酵，这就是为什么他讨厌假期，讨厌空闲。

他要让自己再忙碌一些，忙碌到把不堪的往事夷为平地。他清楚得很，有些回忆，越要尽早抽身，却越陷越深，带着过去对自己的嘲讽，真想给自己一记耳光，说来真是讽刺，一边是和自己一起长大的朋友，一边是自己深爱的女人，他是时候该清醒了……

阿源的E-mail在眼前闪动，一张超声波图像下面只有一句话：“我们等着你回复。阿源。”

“等着我回复什么，问你们搞得开不开心?！”

你们？你们是谁，这超声波里是什么？几乎是同一时间，电脑屏幕又闪了一下，一个叫大漠的女孩发来的简讯：“越过谎言拥抱你，我最喜欢的一句话。”

十分钟后，接着发来一条：“我们等着你回来，他是个男孩，我希望他像你一样。”

事到如此，越发让他焦躁。他耐着性子拨通阿源的电话，本想跟他嘶吼一通，从此各不相欠，让这个斯文败类有多远滚多远。

“喂，你发的什么鬼东西？”

“你听我说好不好，我之前的确认识她，我承认我曾对她有过心动。我们都懂，但这不可能。时间是最好的证明，不是因为它只能用来忘记，而是证明，只有你们才是那个在对的时间里，遇见而相爱的人……”阿源生怕那边挂断电话，继续说着，“之所以隐瞒你，是因为我们也没确定内心的感情到底是什么。我承认我们做错了，我们没能克制一时的冲动，但我们都明白，那不是爱情，我们没有做过任何你以为的狗屁情节，况且……况且她当时怀了你的孩子……只是没来得及告诉你……”

10

“那一刻，我知道，我这辈子，只有跑步，才能让自己沸腾；就像看到操场，能让自己忘记自卑一样。而现在，我不是在操场上奔跑，也不是在大街上奔跑，而是在人生另一个拐角奔跑，迎着有朝阳的一眼望不穿的沙漠……”

“好在我不受红绿灯的限制，一路到底……”

私家侦探

1

咖啡馆一角，她掩饰着略显尴尬的表情说："恐怕这得需要一段时间，您做好心理准备，况且感情的事，一厢情愿不来。"

叶菲是这座城市里唯一的女侦探，不夸张地讲，三年里，她服务于隐秘在这座城市里的各大调查公司。平日里她像是一个业余摄影爱好者，一个习惯躲在角落里窥探别人生活，赚取不菲酬劳的私家侦探。

她是游走在这个城市里边缘的旁观者，习惯把旁人的生活当电视剧来对待。似乎对待自己的感情也如此像置若罔闻的旁观者——偶尔无聊，找事做做；偶尔寂寞，找人聊聊；甚至偶尔空虚，找人睡睡。这种不自知的麻木填充了她所有生活的内容。她经常没来由地感慨："我是谁？你又是谁？"同样，自己的身份也经常迷失在别人的眼中。

2

咖啡馆与她对坐的男人斩钉截铁道：“只有我才能给她幸福！”这个戴着经典款金属拉丝眼镜的男人，显得斯文有品位，指甲修剪得异常整齐。叶菲的眼神却飘向窗外，现在正值春夏交替时节，年轻女孩们，正一个个毫不掩饰地在阳光下摇摆着新鲜的肉体，真是一道永不尽兴的风景。

“从恪守职责的角度来讲，恐怕要再下点功夫！”叶菲搅拌了一下咖啡汤匙。

这件需要下点功夫的事，恐怕还要从半年前说起，叶菲接到×××调查公司的任务，这一次不是“抓现场”的婚姻调查，也不是“知己知彼”的商业调查，而是听上去更与道德无缘的“拆散情侣”，这更像是任务，而不是调查，当然酬劳方面没话说。

方智健与调查公司谈好合约后，约了调查员叶菲面谈细节。根据合同上标注：“经委托人方智健个人意愿，拆散女方杜梅与第三者的情侣暧昧关系，直到确认结束为最终依据。三个月期限起到执行完毕，调查员叶菲可得到60%尾款，其他相关费用实报实销，特此证明。”

方智健一厢情愿地认为，杜梅专属于他，不管是精神还是肉体；不过杜梅的家人偏偏认为，只有老宋才是理想女婿的代表。老宋，合同里写明的“第三者”，被拆散的重点对象之一。方智健斯文得体，有礼有品。不知是他幸运，一眼认出此生挚爱，爱得过分极端；还是他太过不幸，偏偏对不爱自己的人“一往情深”？

这只是叶菲的推测，虽然这不在她的工作范围之内。

人心隔肚皮，有些事背后隐藏的缘由，很难说清。就好像叶菲，误打误撞进入这一行。

四年前，叶菲是这座城市政法大学大三的学生，法律专业造就她做事严谨，言语犀利。同一年她拥有了一份爱情。他爱着她，经历着耳热心跳的温存与感动。豆蔻年华该有的经历，一一品尝，播下懵懂的种，也收获沉重的果。堕胎的那一天，他没有出现。“想必躲去另一个女人的怀抱了吧。”她回忆着撕心裂肺的瞬间，最终得出这种结论。

男人只会参加你欢愉的盛宴，留下女人醉死在没有白天的梦里，温柔的缠绵难道只是一时的气氛，清醒后不知是谁偷走她的心……

3

这些天，方智健突然邀约叶菲，哪怕天色将晚。

金钱的往来一旦建立，客套就端不上台面。

叶菲不修边幅地出门应酬精力旺盛的老板，高回报下的高效率。

“我知道杜梅家的电话，你打个电话骚扰一下。”方智健一改斯文，直截了当。

“我骚扰谁？”叶菲旁敲侧击着替他补充。

“明确说，是他家人，你明白，真正的阻碍是他父母，只要让他们明白，老宋在外边并不老实，这只是开始。周三晚九点，杜梅和我在一起，放心！”人在黑暗中，容易恐惧，也容易获得安全感，这才是他的本性。

铃铃铃……

“喂，您好！”

“是杜梅家吗？”

“对，请问你是？”

“请您转告杜梅，让她放过宋清肃！”叶菲的电视剧，终于在黄金档上演。这次，她是个混不吝的演员。

“……”举着电话被惊愕的妇女，正是杜梅的母亲。

“你是谁？你和宋清肃是什么关系？”

“我与宋清肃有婚约在先，请您高抬贵手！关于我是谁，您直接问杜梅好了。”叶菲挂断电话，睡了一个安稳觉。她内心没有一点儿起伏，这就是她的工作。每天都会有很多电视剧里有的或没有的事情发生，她对身份的认同，越来越模糊。

婚姻离爱情很远，离真实很近。

爱情可以是婚姻的铺垫，又或许只是为了一时的气氛而温柔缠绵……

夜店外，一辆黑车闪过，叶菲毫不犹豫地钻进车里，借着路灯，隐约能看清一个黝黑的男人在驾驶，车上播放着与夜店同一款风格的重低音节奏感强烈的high曲，让人听了就想high起，混合着酒精，迷醉在床上的两个人，纠缠着始终不愿看清彼此的脸。

这一场欢愉的盛宴，在梦醒时分时落幕，不同的是，这一次，留下的不是女人。

4

“方总，杜梅情况如何？”

“她不敢说什么，毕竟她的位置和‘你’一样，左右摇摆。她只是受了点意外，没到惊吓的地步。”

叶菲不紧不慢地吃着牛扒，方智健明显看起来轻松愉快。宋清肃是个小警察，一脸婴儿肥，像个没长大的孩子。他没有方智健看上去有男性魅力，当然，他也没有机会做这番比较。

“接下来怎么做？”

“说实话，我并不太清楚，杜梅父母已经盯紧老宋了。”

拆散的序幕一旦被打开，信任就被彻底粉碎干净。

“接下来，‘我’可能要入戏更深，男人不懂的事，交给女人之间谈谈好了。”叶菲擦擦嘴边的油渍开口道。

“这是额外报销给你的，靠脑子办事，总是高回报！”方智健笑起来很好看，今天笑的又格外好看，买过单之后，他递过来一叠钱，塞给她。

自从那通电话之后，老宋去杜梅家的次数少了。原因很明显，老宋失宠了。要不是杜梅拦着，想必二老会联手修理老宋，像修理自家儿子一样。这种愤怒背后的心寒，是一种信任破裂后的绝情。

5

杜梅与神秘女人还是碰面了，这是执行任务的一部分。杜梅没有她想象的漂亮，过时的衣着搭配，让她一眼认定杜梅是个保守的女人。想不通方智健这种男人会爱上这类女人，还以不择手段作为代价。

“杜梅，我希望你离开老宋。”叶菲开门见山，直截了当。

“为……为什么啊？”一句话把杜梅的怯懦，连带着优柔寡断的性格彻底暴露。不过，她一点儿不怀疑这个第三者的真伪。

“现在你父母不看好这段感情，你为什么还不放弃？况且像你这样的女人，还愁没男人嫁？”叶菲在替老宋暗喜，一个丝毫对自己没有信任的女人，留在身边都是多余。

“我……我爱他，我们……我们早就打算结婚了，况且如果不是你打电话，我父母也不会像现在这样。”她的话，就像她的衣装一样过时，极为幼稚，毫无逻辑。

“你爱他？”叶菲用犀利冷静的口吻，提醒对方的逻辑。

“我……我当然爱他。”杜梅快速转动眼睛，有气无力地硬撑着。

“方智健是什么？”叶菲觉得这场戏，越来越精彩，她的问题，更像是一种好奇。

“啊！你到底是谁？”

如果这时候的剧情是杜梅挑挑眉，不紧不慢地问出这句话，而不是手忙脚乱地佯装理直气壮，并不小心打翻了放在桌上的那杯水的话，叶菲还会对杜梅的印象有一些保留。杜梅的问题对叶菲来说显得有些哲学，她不知道自己是谁，她只是在工作，就这么简单。

“我知道你所有的事，我和老宋爱得比你多，至少比你深刻，我们不需要向谁交代。而你，需要交代的人不止你的父母吧。”叶菲想着丰厚的酬劳，越演越上瘾。

“你……你在威胁我！”她的手不断地晃动着，眼观六路，生怕又打翻桌上的什么。

“我威胁不到你！但请你离开他，你根本不适合他！”这句话，是叶菲替方智健说的，也是自己想说的。这样一个懦弱的女人，左右不了自己的情感，摇摇欲坠得像个乳臭未干的孩子。她哪里懂得如何爱别人，她根本是不懂爱。

但，叶菲有一点不懂，杜梅这样的女人，是否相信爱情？

6

叶菲躺在床上，望着天花板。手机放在一旁，简讯一条条发来。这都是前几天造的孽，没想到遇上这么黏人的家伙。叶菲一阵反感之后，终于够到手机，回了一条简讯：“像你这种人，相信爱情吗？”

“我是什么人？”对方回得神速。

“至少不是好人！”

“那你呢？”

“跟你不是一路人。”

“今晚有空吗？一起探讨爱情总比一个人空想好！”

“我不是一个人，有大姨妈陪我，晚安。”

假期归来的方智健，一脸轻松地问叶菲：“假期过得怎么样？”两个月以来，这是他第一次过问她工作以外的事情。

“看上去你假期过得不错。”她很少正面回答任何人的问题，或许是职业病，习惯带着有色眼镜，戒备着周遭的一切。

“方总，感情进展顺利？”

“如果说做爱就叫顺利，那我们感情不错。”方智健耸了耸肩。

“不过，我这次偷偷录了下来，我指的是，限制级。”他一脸轻松，得意忘形得过于轻浮。

“所以？”

“所以，接下来我认为到了破釜沉舟的地步。”

“怎么讲？”

“这周五，杜梅会跟老宋摊牌，当然是谈分手。现在她父母基本不理会她的事情，我怕少了阻碍，宋清肃会肆无忌惮。一旦出状况，我会把这段视频发给他，让他看着办。”

“破釜沉舟？”叶菲重复了一遍重点。

“对，我得不到，他也别想得到！”

外面没有一丝云翳的天，晴朗万里，方智健突然露出了那天夜晚的表情。确切地说，他并没什么表情，只是放慢了语速，一字一顿地说着。冷漠绝情的态度，让人很难想象他是在对待自己的爱情。

叶菲很想问他知不知道“你在别人眼中的笑容很好看”。可惜，被放在了心里，因为这与她无关。

7

她经常在这个城市的各个角落游走，用别人的故事填充自己，她最爱说一句话——“这个世界，根本不存在秘密。”方智健只是她众多委托人里的其中之一，她根本无须揣测他的用意，爱或者不爱，都与她无关。她只是知道，很多人都打着“爱”的旗号，干着最自私的勾当，侮辱着爱情原本的真谛。

偶尔无聊，找事做做；偶尔寂寞，找人聊聊；甚至偶尔空虚，找人睡睡。是她近些年的生活状态。她不喜欢黏上谁，就像她不止游走在一处角落；也不喜欢被谁黏上，然后被索取真心。但是，这个例外被那个黝黑的男人打破。

再一次见面，他们彼此看清楚了对方。她躺在熟悉的床上，他比上一次轻柔许多，用耳语的方式征服着她，不以爱的名义发生性，到底我们是谁，在做什么？

那一夜的盛宴，接续着另一个白天。彼此没有醉；那一夜他们谁都没离开，躺在一起聊天。

“你爱过谁吗？”叶菲先打破寂静。

“爱过。”男人似有似无地回忆着。

“像你这种人，还相信爱情吗？”

“那你呢？”熟悉的对话，两人相视一笑。

“我不相信这种爱情。”

“哪种爱情？不以爱的名义开始的性的爱情？”她说出的一霎，有些后悔。

“对！”他穿过氤氲的烟雾，斩钉截铁。

两人的拉锯赛，先撒手的人，受伤少一些。

没想到这个男人的话，让她难堪，让她愤怒，让她无以名状地想大哭一场，虽然她也不清楚原因——为什么会说出这种“玩不起”的话……

方智健发来贺电：“有时候，需要赌一把。”

她只回复了“恭喜”，虽然她并不觉得这件龌龊的行为有什么好恭喜。

她拿到了事先说好的60%尾款，果然靠脑子办事，总是高回报。

拆散一对没有防备的情侣，便促成另一对处心积虑的男女。她继续开始一个人吃，一个人睡，一个人思考，甚至一个人流泪的生活，只是不明白为什么突然有一天她会感到愤怒，这种感觉熟悉又陌生。

她！居！然！会！生！气！了！

这是她被打破麻木后的第一次感知，就好像刚刚恢复味觉的病人，贪婪着想要吃尽天下的美食……

8

那个男人出现在她回家的路上，她想逃开，却被他一把扯住。

“你疯了吗？我不想被你就地正法。你不了解我，我也不再想要了解你，从此不要相欠，不要相见！”叶菲冷静得出奇，虽然她不知道这个男人要做什么。

“我了解你！”男人熟悉的眼神中多了一抹不明所以的坚定。

“你了解我？哈哈，那你告诉我，我是谁？”……

“你是我的女人，那个让我醉死在没有白天的梦里的女人，然后清醒之后偷走我心的女人……”

“大哥，你不要紧吧？我真是有点反胃。你说这不是你要的爱情，我知道你擅长逢场作戏，咱们也算是熟人，你别……”言语犀利的叶菲快速地说着。

一阵猛烈的亲吻之后，四目凝视的一如那天夜里。

“你……”

“我要以爱的名义开始！”

异地恋

老孟和阿吉正在看电视新闻，在整个宿舍楼层的休息室内。过于专注的缘故，老孟被叉子卷起的面条烫到了下巴，一时间面条汤也飞溅了出来。

“你还可以再笨蛋一点儿。”阿吉讽刺地笑笑，不由分说地抓起手边的纸巾给他擦了起来。

老孟天生有点木讷，生活学习按部就班，做事非常重视逻辑方法。所以他高中时期，就确定将来要念理科。他很少表露感情，常被同学笑称为“扑克脸”。他对于阿吉的关切举动，习以为常。

“非典，北京已经隔离了很多人。幸好马来西亚还没发现病患。”老孟盯着新闻，语重心长地感叹。

“你要回去吗？”

“下个月，期末考试结束。”

“我不想你有事。”

“不会”。

阿吉看着他笃定的眼神，收敛起笑容，低着头默默地吃回那杯有点冷掉的面。

2003年，非典爆发的那一年，他们在一起，并且第一次感受到生死，仅一线之隔。

老孟和阿吉是一对恋人，这段爱情发生在加拿大。他们来自不同的地方，甚至不同国籍。老孟是标准的北方汉子，生于北京长于北京；阿吉是典型的南方女孩，在热情四溢的马来西亚长大。

某一次偶遇，爱情的气息便毫无理由地蔓延开来。

有些感情注定开始得自然而然，而有些感情注定一路上喜忧参半。他们的故事就属于后者，剧情本末倒置地异常有趣……

那一年圣诞节，空荡荡的宿舍走廊，不费吹灰之力的低语都能夹带着回音。老孟独自走在空旷的马路，他正准备去储备一点即食食物，以便慢慢消灭在漫长的假期。那是他大学一年级的下半年，阿吉刚刚转学来这里，也正在赶去超市的路上。

“Excuse me，Could you tell me where I can go the M supermarket？”

“Oh，you can go straight this street and turn left by the way，I will go there either，so you can follow me.”

“Thanks so much.”

“你会讲国语吗？”

“我是马来西亚华人，你呢？”

“中国人。”

虽然，他乡没有遇到故知，可在异国听到熟悉的国语，总是倍感亲切，尤其在寂寞的假期。

两人一到超市，便开始朝货架厮杀。老孟看中冰柜里的食物；阿吉专买东南亚食品，有些大概需要细心烹调，才够好味。结账时，阿吉看着老孟购物车里的即食面和速冻饺子，热情地说：“要不去我们的聚会，join us，be happy X’mas!”

那天的聚会很热闹，他们吃着马来西亚特产“肉骨茶”，用来自各路口音的普通话聊着天，普普通通的相遇。在接下来的日子里，交集开始变多。不过以老孟的情商，他大概还不明白将要发生什么……

阿吉比老孟大两岁，却和老孟一样，长了一张不显成熟的面孔。老孟比阿吉早来这里一年，却和阿吉一样热心，每天会和她分享很多有意思的事情。阿吉很喜欢老孟，喜欢在心里，不知道该用哪种方式告诉他。老孟每天都在周而复始地学习、打球、旅行中度日。他喜欢按部就班的生活，做任何行动都要有一个具体的理由。老孟的专业是建筑工程学，他喜欢繁杂的线条多过喜欢人类。他并不清楚有个女孩在默默地关注他，即便他们的宿舍离得是那样近。阿吉每天都会在MSN上问候他，尽量做到按部就班，准时准点地问候。她想了解他的生活，并愿意用他喜欢的方式靠近他，她在等待着榆木脑袋开窍地那一天。

阿吉是文科生，有着女人独有的天真，和文科生特有的浪漫。她热爱艺术，喜欢与人交流多于钻研学术。他们之间，常常有搭错天线的烦恼。似乎阿吉对此并不介意，她的行动全凭直觉，这也是她最可爱的地方。

这一天，她对着老孟抱病，她说自己脚疼的严重，无法挪动半步。着急上火的老孟，把她背到自己宿舍。阿吉佯装疼痛地躺在心上人的床上，嘴角有一丝得意，闭着眼等着老孟过来揉脚。那知半晌无声无息，她微微睁开半只眼，那个情景，足以让她崩溃到翻白眼——老孟正在翻看着一本厚厚的英汉字典，抓耳挠腮地查药名及药理作用。

“我还是打给私人医生好了。”老孟终于开口讲话。

Oh my god！这个家伙查了15分钟后，就得出这样的结论。阿吉心里想想就觉得哭笑不得。她刚刚差点在这前所未有的漫长的15分钟睡死过去。当然，这时的阿吉已经睡意全无，并执意说自己已经痊愈。她可不想被私人医生戳穿她的把戏，尤其在老孟面前。

“你好了？”

“好了。”

“什么问题？”

“抽筋。”

阿吉脱口的一刹那，似乎可以肯定一件事，接下来的故事会更“抽筋”。那晚，一不做二不休的阿吉，干脆撇开脸皮，赖在他床上不起来，老孟守着床边的一角，委屈的样子像极了小姑娘，重点是他几次差点掉下床去。两人就那样装睡到天亮，各种翻身、各种假装试探、各种内心戏的漫长之旅，在天亮后，在各自心里发生了变化，即便那晚，他们特别清白……

这就是老孟的“理智”，他能很轻松地把对眼前女孩的欲望转嫁到该抓床帮好还是床头好，才不至于掉下去这件更具体的事情上。这也是朋友们认为老孟最“爷们儿”的地方。

阿吉曾在某一天问老孟：“你是不是不喜欢老女人？你大概认为我是老女人。”无可奈何、目瞪口呆的老孟在深思熟虑之后，“深情”地反问：“老女人和小姑娘的界限在哪里？”

这是一场漫长的女追男的故事，将在阿吉快一命呜呼的时候爆发。

情人节，阿吉邀请老孟到宿舍等她，她湿淋淋着长发，让老孟过来帮忙擦拭，听话又绅士的老孟，拿起一条不知道擦过哪里的毛巾，开始上上下下、左左右右胡乱擦着。他完全不觉得披肩长发和寸头在这方面该区别对待。

“你肯定没有和长发女孩在一起的经验。”被老孟拽得头皮生疼的阿吉，对着镜子得出这样的结论。

“我还是个处男。”有点尴尬的老孟，停下手中的“粗活”。

情人节的浪漫，就这样被老孟轻易地从风情万种转移到哑然失笑。阿吉穿着礼服，坐在穿球鞋的老孟对面。觥筹交错中的红酒，让人心生遐想，女人微醉地倒在心爱的男人怀里，顺势推舟，省去表白的环节，该是极好的画面。不过，阿吉醉是醉了，醉得一塌糊涂，她干脆倒在心爱的男人怀里胡言乱语："你干吗要穿球鞋啊？！"一步三晃的老孟，背着胡言乱语的阿吉，脚底拌蒜状地走在空旷的大街，他内心很坚定一件事——穿球鞋是对的。

风和日丽的日子，不都是阳光明媚，有时也会风云迭起。对于阿吉和老孟来说，也可以被称作血雨腥风。老孟撞见了一个男人，一个在宿舍楼下拉扯阿吉的男人。他随即撕碎了两张电影票，然后开始自我反省，反省事先为什么没好好"查查户口"，原来阿吉另有所属。他对自己的狐疑坚信不疑、把不解风情当作理智、把陷入爱情看成莫名其妙，把一往情深解释成头脑一热。种种符合内心逻辑的理由，促使他把电影票撕得粉碎，扔进了垃圾桶。

他以为自己会冲上去揍那个男人一顿，不过这种行为不符合他的思路，下不了手的原因只有一个——他们还没有开始。他不懂爱情的拉锯赛里，应该给女孩先跑几步的优先权否则将永远开始不了。

他不愿再被自己的"理智"嘲弄，索性，他不再联系她，也拒绝她的邀请。他把所有的女人当成老虎，一只彻头彻尾可怕的"母老虎"。其实，阿吉并不是老虎，母性倒是有的。阿吉不是另有所属，而是心有所钟。她承认老孟是聪慧的，也是自以为是的。

自从那次事件后，频频被拒绝的阿吉有些苦恼，气愤的情绪更多。气愤这个自以为是的老孟不听她解释清楚，绷不住冷战的阿吉留了电话讯息给老孟：“你是一个笨蛋，一个彻头彻尾的笨蛋。我喜欢你，一早就喜欢。那天我故意逗你，想留宿在你那边，当你傻兮兮地查药名的时候，我知道我爱上了你……”

有时候，情人之间的误会，大多来自自以为是。你会给对方找很多借口，也是自欺欺人，这种感情初期的怀疑，让彼此变得脆弱和敏感，让关系进行的阻碍重重。老孟不懂什么是试探，他只喜欢判断。如果出现什么风吹草动，他要不就冲上去杀个片甲不留，要不就干脆逃逸到安全的洞穴。

幸好，他们的性情是互补的。

阿吉的爱恨情仇都在直觉里，她会激情澎湃，也会黯然神伤，至少她不要后悔。她把躲在“洞穴”里的老孟揪扯了出来，两人的内心拉锯战得到了缓解。

这个故事才刚刚开始，过去所有的试探，变成快速播放的胶片，然后在某一刻，突然放慢了速度……他们在学校后身的海边第一次牵了手，阿吉笑着不忘敲着他的脑袋说：“榆木开花！”

在某一个路面结冰的冬天，跑着步的两人，双双叠着摔在一起，老孟第一次抱着怀疑断掉的胳膊，深情地吻了阿吉。他们在某一个深夜，用嘴唇搜寻着彼此，他不再惧怕从这张略窄的床上摔下来。也是从那天起，阿吉“得意洋洋”地将自己“奇葩的战绩”纳入日记，在某个有阳光的午后。

开学到暑期，暗恋到热恋。本来不想回国的老孟被一场突如其来的“非典”搞乱了阵脚。期末考试结束，他已整理好行囊，紧接着吃了一顿不伦不类的“炸酱面”，当是为他践行。那是一碗带汤水的炸酱面，黑糊糊的一大碗。老孟埋着头吃，捞着没有味道的面条，接着喝完一大碗类似中药的黑面汤，抹抹嘴说：“北京人讲这是原汤化原食。”

这碗黑汤挂水的“炸酱面”出自阿吉之手，老孟善意地原谅这个从没吃过正宗老北京炸酱面的女人，并暗下决定，哪一天带她回自己的家乡，吃一碗不带汤的炸酱面。

“原汤化原食”的意思是：吃完面条，喝面条汤；吃完饺子，喝饺子汤。

就好像爱上一个人，哪有什么你的，我的。

这是老孟仅存的一点的浪漫想法，即便这个理论，十分莫名其妙。

2003.2.3　晴

他今天问我一个很奇怪的问题——“马来西亚有熊猫吗？”我讲有，他说不记得他的国家送过熊猫给大马。那天他用笃定地眼神让我确信，一定是我们盗窃了他们的熊猫，并且一定要请他吃一顿大餐，算作封口费。

2003.2.14　夜

情人节，能穿着球鞋来赴约的人，非他莫属。他以为我今天开怀的不得了，我就差一点告诉他：“这明明是无可奈何地灌醉自己。”

被他背着的感觉很好，虽然他脚下一直在晃，搞到我更加头晕目眩，我差一点吐得忘乎所以。

我想我和他是一类人，我爱他，要怎样说出口？是不是要承诺他：“我们做一对冒失鬼。”

2003.3.3　阴

他说他不喜欢阴天，不记录。

2003.4.2　晴

今天说是要陪你上数学课，然后又一次睡着了。哈哈，我觉得我的本领越来越厉害啦。哪里都能睡得着，答应陪你去上课却变成你看着我睡到第二节课开始……

2003.4.4　晴　距离他回北京××天

他又是那个笃定的眼神。我很怕他有事，很怕很怕……

最担心的是，他执意不要我陪他一起回北京。

我告诉他，你要早点平安回来，尽快结束我提心吊胆、半死不活的生活……

2003.4.23　晴　明日送机

我一点儿也不想睡，明天的这个时候，他已经在回北京的航班上。

遇见他以前，我有很多梦想，白日梦成了我醒时唯一的爱好

遇见他之后，他却变成了梦想，第一次不愿醒过来……

……

老孟翻着这本日记。他没有吃飞机上的餐食，他内心大概在进行着“原汤化原食”的活动。他第一次被文科生的细腻打动了。

他的心，第一次可以不再属于他自己。

持续与“非典”僵持的日子很苦闷。每天，小区里最常听到救护车的警铃声，大家都被隔离在房间，那种持续性、不间断、时不时就出现的急救声，极具穿透力，就像长夜里突然划过的流星。老孟被整整隔离了三个月，他每天持续写E-mail给女友，通过网络摄像头，汇报疫情、倾诉衷肠。阿吉一一见到了老孟曾经口中的家庭成员，阿猫阿狗也没落下。阿吉没有回马来西亚，她决定上完暑期课程就去旅行，她认识老孟以前，非常懒惰，如无特别情况，完全可以蓬头垢面、足不出户两周，毫无形象可言。每天叫醒她的是一只和她一样

慵懒的猫，它会跳到她脚边、手边，最后一屁股坐在她脸上，她才会因憋得喘不上气而气急败坏地起床。但，她决定洗心革面，向老孟看齐，打起背包去旅行。她要趁这个暑假，走遍老孟之前走过的地方，然后好好在老孟面前，肆意妄为的“炫耀炫耀”。

离别，是为了更好地重逢。

天亮时，她要入眠；想念时，她在天边。

我们都这样以为，便对未来有恃无恐……

这是他们第一次分离，回忆与现实，就好像电影场景般，渐进与淡出。老孟第一次体会到思念的感觉。本以为，异地恋说来轻松，如今满是无可奈何，好在暑期快要结束了。“非典疫情”在这漫长的三个月被控制住，北京作为首都，又是重灾区，每天新闻报道不断。

“北京大学人民医院急诊科护士王晶，在护理第一批非典患者时，不幸被感染病毒。她的女儿佟艺当时只有7岁。早上，她看着母亲像平时一样换衣服上班，也就是在那天早上，她和母亲做了最后的道别。当王晶得知自己不幸感染病毒时，她给女儿发去一条短信：‘窗外的花开了，今天阳光真好，我要快点好，回家把你找，你可不能跑。我肺活量小。’

“接到短信的佟艺此时还在学校上课，她对妈妈的病情并不知情。佟艺天真地相信母亲只是得了重感冒，暂时不能回家。但是，其实，已经没有但是，她被奶奶拉着见了母亲最后一面，那个躺在冰冷的病床，对自己的呼唤毫无反应的妈妈。”

老孟看着新闻，眼角湿润，天灾人祸，无法预料，除了敬意和缅怀，他第一次觉得幸福，所有他爱的、爱他的人，都在身边。死亡，教会我们生存的意义，也教会我们人生中的情义无价。

疫情平稳后，老孟回到学校，他没有见到阿吉，却意外地在宿舍邮递箱收到一盒东西。撕开包装，他开始摆弄各种小玩意——那是从多伦多邮寄来的冰球帽、温哥华邮寄来的小狗熊，还有蒙特利尔的钥匙扣……当然还有一封亲笔写的信，信里她得意洋洋地提到她遍布的足迹，特此购买小礼物作为“证据”；另外转述她的思念，和眼下的决定：她办理了休学，刚刚做过手术的母亲需要照顾，家人都瞒着还在美国念书的妹妹……她要求老孟做到一件事，如果学业不忙，就去看看她，顺便告诉他，只有一件事才会叫她放弃，那就是他有了其他女友，不要隐瞒。要不他这辈子跑不出她的魔爪，并在信的末尾，附上了一副邪恶面孔的自画像……

人生最大的惊喜，就是不知道接下来会发生什么。

所以，离别或是重逢，对于等待的人来说，显得特别漫长。

天亮时，她要入眠；想念时，她在天边。

我们都这样以为，便对未来有恃无恐……

一年里，老孟已经从宿舍搬去公寓，通过网络摄像头拍给阿吉看。每天，阿吉会在视频里唠唠叨叨地“口头指导”老孟打扫内务。老孟并不都是漫不经心，某一天他仔仔细细记录在册时，闻见厨房飘来一阵烧焦味。随后，老孟消失在视频里，大约五分钟后，他再次出现时，正抓耳挠腮地端着一盘黑糊糊的“意大利面”。阿吉在那边笑得人仰马翻。

“你还是比较适合点外卖。”阿吉按耐住笑，斩钉截铁地说着。

“我每天都倒计时，你回来的时间。”

“下周，去普吉岛旅行，然后回去给你这笨蛋做意大利面。”

“记得带礼物。”老孟露出一张恬不知耻的面容。

约定，只是一个约定。

也许会皆大欢喜happy ending；

有时，只是一种假设。

火烧火燎发了疯的老孟，终于对着电脑，歇斯底里地流着泪。整整一周没怎么吃饭，连胡子都忘记刮的老孟，轰炸了阿吉的E-mailbox，依然没收到任何回复。

“亲爱的阿吉，我要的礼物就是你。”

离别，是为了更好地重逢。

天亮时，她要入眠；想念时，她在天边。

爱你时，有恃无恐，

失去时，阴阳两地……

死亡，教会我们生存的意义，也教会我们人生中的情义无价。

2004年印度洋发生海啸，普吉岛伤亡无数……

遇见你

在特别的情况下，特别的时间里

没有原因，没有如果

痛，能让人成长

它在折磨面前

却一文不值

艳遇

正常得犹如天理

你总会遇见一个人

ta 让你毫无防备、毫无保留

并且，开始相信“天意”

我在他眼里，看到满眼的慈悲……

梦想

是写给这座城市

最美的情书

死

无非是在生的彼岸

一路狂欢

总有一个人、一句话

会勾起你铺天盖地的回忆

毫无理由